上海老台商

SHANGHAI LAO TAISHANG

协力 编

华艺出版社

HUA YI PUBLISHING HOUSE

图书在版编目（CIP）数据

上海老台商 / 协力编. —— 北京 :华艺出版社,
2015.4

ISBN 978-7-80252-570-2

Ⅰ.①上… Ⅱ.①协… Ⅲ.①纪实文学 – 中国 – 当代
Ⅳ.①I25

中国版本图书馆CIP数据核字(2015)第072094号

上海老台商

著　　者：	协力 编
责任编辑：	郑再帅
封面设计：	孟凡革
出版发行：	华艺出版社
社　　址：	北京市海淀区北四环中路229号海泰大厦10层
邮　　编：	100083
电　　话：	010-82885151
电子信箱：	huayip@vip.sina.com
网　　站：	www.huayicbs.com
印　　刷：	北京润田金辉印刷有限公司
开　　本：	710mm×1000mm　1/16
字　　数：	154千字
印　　张：	14
版　　次：	2015年4月第1版
印　　次：	2015年6月第1次印刷
书　　号：	ISBN 978-7-80252-570-2
定　　价：	36.00元

华艺版图书，版权所有，侵权必究。
华艺版图书，印装错误可随时退换。

他们是第一批来沪创业的台湾人

他们为什么选择上海

他们遭遇过多少挫折

他们是新上海人

目　录

1

序：敢为人先　大展身手
——台资企业扎根上海 20 年纪实

周天柱

1990 年 4 月 18 日，中共中央、国务院向全世界宣布开发开放上海浦东，一个有着全新内涵的地域名称——"浦东新区"从此被书写进大陆改革开放的史卷。一个前所未有的"新"字，让浦东爆发出了惊人的能量：第一个国家级保税区，第一个外资百货公司，第一个开展外资银行经营人民币业务试点……短短几年间，在浦东诞生的种种"率先"、"第一"，让海峡两岸及全世界倍感惊讶，上海浦东迅速成为举世瞩目的"中国改革开放的象征"和"上海现代化建设的缩影"。

受上海浦东开发开放的鼓舞、感召，20 世纪 90 年代初，敢为天下先的台商们冲破岛内人为的樊篱，勇敢"西进"，到上海、到浦东发展。这在当时两岸政治僵持、军事对峙的氛围下如此超前的投资决定、果敢的经营理念，着实令人尊敬、赞赏。

俗话说，万事开头难。岛内投资者勇于跨出第一步，紧接着就有第二步、第三步。20 年来，台商赴上海创业发展大致可分为三波高潮：1992 年第一波热情高涨的投资潮从浦东开发开放启始，跨世纪的第二波投资潮比起第一波更为波澜壮阔，而2010年上海举办世界博览会之际的第三波台商投资潮，向更纵深、更宽广的领域发展。

台资集团　安家"落沪"

在20年一波又一波的台商投资上海的大舞台上，大型台资集团企业在8655家台资企业中脱颖而出，企业经营有声有色，创新项目精彩纷呈。而更为引人关注的是，至今为止台湾的千大企业已有90%以上在沪经营发展，为上海经济社会的发展做出重大贡献。

震旦集团于1965年创立，企业版图涵盖办公设备（OA）、家具、通讯商品等领域，公司遍布台湾、日本及新加坡等地，其销售商品包括办公室自动化设备、办公家具、手机门号以及资讯软体等。20世纪90年代初期，震旦集团即以前瞻性的眼光，看好大陆市场未来的发展潜力，着手擘划大陆事业之经营，作为震旦集团创造自有品牌的理想基地。

1993年10月，震旦集团董事长陈永泰第一次来沪考察就留下深刻印象，当年就在上海浦东外高桥注册成立了"震旦行国际贸易（上海）有限公司"，而更令同行惊讶的是，他为浦东有关方面的超高效率与十足诚意所感动，仅用5小时就与主管部门谈判、签约在陆家嘴建立37层A级智能型写字楼——震旦国际大楼。今日的震旦集团，以销售办公家具、办公设备及消费性电子商品为主，经营范围涵盖华东、华北、华中及华南四大区，目前在大陆市场的直接经销商已达200多家，同时正以积极的势头迅速扩充与成长。作为e时代数位化办公环境的领导者，震旦集团以绵密的行销网络，在大陆各大主要都市，提供顾客方便、迅速与精致的服务。

2010年震旦集团又有大手笔，经与世博会组委会密切协商，上海世博会专门设立了震旦馆，这是整个博览会唯一一个台资企业馆。世博会期间，该展馆获世博组委会、广大中外观众高度赞赏，如今震旦集团已成为海峡两岸颇有特色的标志性台企。

这些年来，汤臣、广达、英业达、华硕、威盛、台积电等大型台资企业在沪的经营保持了强劲的上升势头。

中小台企　群星灿烂

在上海扎根的台资企业，生气勃勃的中小企业约占了总数的80%，这些企业为申城的投资环境所吸引，很快融入沪地的经济社会，取得了长足的进展。

全国台企联常务副会长、原上海国福龙凤食品公司董事长叶惠德对来沪创业的历程记得清清楚楚：1991年他到大陆考察，几经比较，发现上海在大陆的地理位置居中，美食文化氛围浓厚，很适合"龙凤"产品的发展，于是决定在上海落户。1992年4月，330万美元的注册资金到位后，同年10月动工建厂，一年后"龙凤"产品就开始上市，速度可谓神速。

1995年，天津工厂投产后，源源不断的天津产品开始在华北、东北畅销。1995年后上海"龙凤"的产品远销西南、华南地区，人气很旺，公司就将目光聚焦成都、广州，用所赚的钱分别在两地建厂，如今在大陆已是众人皆知的名牌食品。

全球精密陶瓷件供应商——上海施迈尔精密陶瓷有限公司

1992 年在浦东奠基，第二年正式投产，初定生产规模为 200 万件氧化铝纺织陶瓷，1994 年全年产销就突破了 500 万件；1997 年翻一番，跃为 1000 万件；1999 年更上一层楼，达到 1500 万件，进入新世纪的"施迈尔"年平均成长率都超过了 20%。通俗一点讲，5 年就诞生一个新"施迈尔"。面对市场白热化的竞争，"施迈尔"有如此快速的发展，圈内人见了都连连惊呼：神奇！太神奇了！

据了解，全球塑胶手套 95% 以上都由中国人制造，其中上海翔茂企业有限公司出品及指导的手套占了约 70%。据上海台资企业协会会长、上海翔茂公司董事长李茂盛介绍，1996 年"翔茂"刚到上海投资设厂时，各种塑胶手套的年销售量仅 4 亿只，才过了 10 年，该公司的销售量就跃升到 46 亿只。换一句通俗一点的说法，10 年不到，原先的 1 个"翔茂"转眼就变成了 10 个，平均 1 年增加了 1 个"翔茂"，这该是一个多么惊人的巨变！

上市公司　锋头正健

近 5 年来，因美国次级贷引发的金融危机，一波未平一波又起，去年又引爆了欧债危机。全球许多国家、地区市场萎缩、工厂倒闭、失业剧增，但与此形成强烈对照的是，中国大陆"风景独好"，经济保持平稳较快增长，2010 年国内生产总值超过日本跃居世界第二，这一独特"磁石效应"吸引了越来越多的台商到大陆、上海投资经营。

今年 2 月 20 日上午 9 点 28 分，随着上海市委常委杨晓渡与日月光集团董事长张虔生在上海证券交易所交易大厅共同敲响的锣声，全球电子设计制造服务业的著名台资企业——环旭电子股票在上海证券交易所隆重上市。成立于 2003 年 1 月的环旭电子股份有限公司，为台湾日月光集团旗下的环隆电气股份有限公司的控股子公司，而日月光集团是全球最大的专业集成电路封装测试企业。2010 年环旭电子的营业收入为 137 亿元，居全球电子制造服务业第 18 位；在无线通讯模组产品的全球市场占有率为 11%，排名第二位，是苹果公司主要核心供应商。环旭电子此次在上交所的成功上市，创造了台企在沪上市的几项第一：第一家在上海主板市场上市的在沪台资企业，第一家在大陆 A 股市场上市的台资电子制造企业。

去年以来，在沪台资企业相继在两岸三地证券市场挂牌上市。2011 年 12 月 6 日，在上海青浦投资设厂、长期从事户外休闲产品设计、生产的基胜工业（上海）有限公司在台湾证交所成功上市，成为在大陆发展成长，再回台湾上市的第一家企业。今年 2 月 23 日，上海知名的连锁面包烘焙厂商——克莉丝汀食品公司在香港上市，成为在港上市的大陆烘焙业第一股。

交通便利、科技先进、政策优惠、人才辈出，众多台商已将上海视为企业扎根、发展的乐土。20 年来，上海共批准台资企业 8655 家，吸收合同台资 268.9 亿美元。截止 2011 年底，震旦、统一等 10 家台资企业在上海设立了总部，润泰、联强国际等 15 家台资企业在沪设立地区性投资公司，台达、华邦等 22 家企业设立了研发中心，在上海的台资金融机构已有 31 家。随着沪地的投资环境不断改善，将会有越来越多的台资企业乐意来沪发展，台资企业的明天一定会更美好！

（作者系上海东亚研究所研究员）

因应金融风暴　沪上台商有高招

周天柱

从 1997 年下半年起，一场金融风暴不期而至席卷亚洲，东南亚一些国家"经济繁荣"景象一夜骤变。当索罗斯之辈虎视眈眈华夏大地时，活跃在黄浦江畔的台商们在做些什么？

三管齐下创佳绩

这场源起东南亚的金融危机对亚洲服饰行业冲击相当大，可坐落于上海莘庄的台资企业——上海仪华服饰有限公司却"任凭风浪起，稳坐钓鱼船"。1997 年 10 月，国外订单纷至沓来，工厂开两班还嫌不足，令同行羡慕不已。

"仪华公司 1994 年投产，前两年有亏损，"公司总经理韩梦君毫不掩饰地托出家底，"可第三年就已持平。"1997 年服饰业在亚洲金融风暴打击下，经济效益全面萎缩，仪华却逆势而上，各类针织、平织产品年产量达 240 万件，年销售额近亿元，比上一年增长 30%，利润为 8%。1998 年仍保持着这股强劲的上升

1

势头。

采访中记者了解到，与全球 30 多个国家和地区保持密切贸易往来的仪华公司的最大特点，拥有众多世界名牌，已获美国 SNOOPY 少女装、童装、婴儿装，及 MICKEY 少女装、童装，还有法国 YSL 童装、婴儿装等全球知名品牌在中国的制造权，并自创童装"俏比"品牌。谈及亚洲金融风暴的影响，韩总若有所思地伸出三个手指说：我们的对应策略是三管齐下，一是靠外销增加三分之一。日本、香港订单大幅下降，欧美市场便成了首选之地，今年此地区的外销至少可在 200 万美元以上。二是内销增加三分之一，更多打入内地的批发市场。公司一改以往在祖国大陆产销合一的策略，更注重以批发为主，可大大降低销售成本。三是减少三分之一零售点，市场不太景气，一些零售点成为累赘。另外，一个意外的有利因素是台湾地区 1997 年新实施的有关来料加工的管理办法，使公司产品可以有限度地返台。

同样是内外销并重，仪华的策略十分务实，外销转向后，欧美地区配额国由客户自行解决配额，非配额国就想方设法自行打入。专卖店、专柜受危机影响经营不佳，及时调整，批发通道则有序打开。处处要求领先一步的仪华公司对产品开发慎之又慎，台湾母公司以生产、销售童装为主，来沪设厂后，仪华并未盲目照搬台湾模式。经过广泛的市场调研后认为，国外童装名品生产成本太高，很难取得竞争优势，因此转而推出一炮打响的美国 MICKEY 少女装。近两年，公司决策层从大陆经济发展中得出新概念：经济发展促使生活多元化，也必然导致服饰多元化，适时面市的名品童装自然大受消费者的青睐，而自创"俏比"童装，又为仪华打开一片新天地。

团队精神至上

上海施迈尔精密陶瓷公司台方总经理李广仁对金融危机的因应之道是：健全、完善施迈尔的团队精神。"SMILE"（微笑）本是个简单的英文词汇，竟然成了一个专业生产精密陶瓷元件的企业之名，很能说明投资者的良苦用心。

前不久，在声誉骤盛的1998北京国际纺织机械产品展览会上，"中国纺瓷最高品位"的施迈尔，被国内外著名纺机厂商公认为一颗冉冉上升的纺瓷明星，这自然使李广仁兴奋不已。纺织业面临严峻挑战，施迈尔却仍红红火火。同行们寻求奥秘，李广仁直言不讳仍是那句话：我们全靠施迈尔的团队精神，公司上下一条心，任何困难都可克服。他坦言，培养一支经得起逆境考验的团队真不容易。按一般公司的运作程序，员工报告、总经理决策的模式，似乎一成不变。可施迈尔却反其道而行之，你报告、你定案、你执行，再受考核。别小看这一改变，它反映了员工从被动型变为主动型，这本身就是一个成长乃至成熟的标志。

每天上午一上班，总经理与员工共同办公一小时，共商公司业务，员工参与管理的意识大为增强。比如如何帮助客户渡过金融危机难关，大家一致认为更要强调产品的价格、质量、服务。陶瓷元件虽小但精度达到±1%，稍一偏差，就会造成无法弥补的废品事故，公司为此建立了一整套完备、严密的质量检验控制系统：三纵三横的管理模式，使每个人都有职责范围，每道工序都设专人检验。这些确保质量的有力措施，都给客户留下深刻的印象。而价格和服务，在金融危机时期更有特殊的含义。总经理要求价格的认定要以客户能够接受为前提，因此，在必须获利的同时，产品的成本势必大大降低。共同的探讨使大家看清问题的症结，于是改革工艺、提高优良品率在生产第一线蔚然成风。

金融风暴使东南亚不少国家货币剧贬，汇率飘忽不定。危难时期施迈尔主动向长期客户伸出温暖之手，将付款期限适当放宽，允许购货者以这一时期最有利的汇率结算。从表面看，受损的是供货方，可却赢得客户的信赖，这比什么都重要。一支成熟的团队的真正形成，至少要 5 年左右的时间。李广仁这样认为，我们只经历了 3 年多，还有很长的一段路要走。施迈尔 1995 年产值不足 100 万元，1997 年跃升至 1200 万元，1998 年可望突破 1500 万元。这就是施迈尔团队精神创下的可观业绩，也是这种精神的鲜明体现。

主动出击开拓市场

1998 年中秋前夕，从 1998 中国月饼节传出信息：国家食品质量监督检验中心对全国月饼质量抽验的结果，台资企业——中美合资上海利男居食品公司生产的月饼，荣获"1998 中国月饼质量信誉产品"称号。这一特大喜讯，使利男居的月饼销量攀上了历史量高峰——国内外销售总量高达 230 吨。当时，身为上海月饼行业出了名的女强人，该公司台方总经理吴一香谈道："1998 年年初，曾担心愈演愈烈的亚洲金融风暴会对今年中秋月饼市场造成很大的冲击，经充分考虑我走了一步谁也没有想到的好棋。1998 年春节我亲自到日本实地考察，回国后花了半年时间开发新品，'东京篮'、'日本月饼圆'、'日本提篮'等产品首次远渡东瀛，打入饱受金融危机之苦的日本市场，令沪上食品业大为惊奇。"听说，日本伍光株式会社一次就预订合资利男居月饼一万盒。记者采访了该社在沪代表增田友一先生，他通过翻译兴致勃勃地说：日本与中国一衣带水，日本人近几年越来越爱吃具有浓郁中国文化特色的神州月饼，利男居食品将中国风味糅合日本特色，给人强烈的新鲜感和艺术感，日本消费者当然爱吃。

　　面对亚洲金融风暴强烈冲击波，吴一香仍信奉中国的一句老话：民以食为天。公司 1998 年开发、推出的 28 种新潮月饼，当年 7 月份一开炉便成抢手货。消费者在细细品尝月饼美味时，又为其与众不同的礼盒包装所折服。由吴一香亲自设计的"花语情"、"茶语情"礼盒月饼，洋溢着浓浓的中国传统文化情趣。尽管有金融危机的阴影，1998 年的月饼大战比以往任何一年都激烈，但利男居今秋的销售业绩仍十分喜人，比上年劲升 40% 以上，从而步入了经营规模从生产导向型转入营销导向型，产品从单一内销逐渐转为内外销并重的新阶段。"现在，我们公司防风险、抗危机能力大大增强了。1999 年，我们还会采取新的因应之道。"吴一香信心十足地说。

（原载于《两岸关系》1999 年第 1 期）

杨惠珊：琉璃之花开两岸

葛凤章

在上海西郊一座风格独特的古堡式建筑里，一位端庄秀丽的女士正在雕塑一座观音像。她的神情专注，动作娴熟自如，俨然是一位技艺不凡的雕刻艺术家，她就是蜚声海峡两岸、三次获得"影后"称号的台湾著名电影演员杨惠珊。一旁形影相随的，是她的丈夫张毅先生。

激流勇退　钟情琉璃

杨惠珊是一位来自台湾的电影明星，从影 12 年，拍了 124 部电影。张毅是电影科班出身，在台湾也算是新锐导演，杨惠珊与张毅的第一次合作是在 1984 年拍摄电影《玉卿嫂》的时候，张毅先生也是在那次合作后爱上了杨惠珊。张毅先生在回顾当年的电影生涯时说："对于电影，我们一直都非常喜欢，我自己也觉得非常适合从事电影事业，《玉卿嫂》是我们合作的第一部电影。但在当年合作拍片的时候，我们两个人在所谓电影专业的理念上是完全不一样的。"杨惠珊插话说:"讲白了,他当时是看我不顺眼呢。"

从不顺眼到顺眼,杨惠珊在影片《玉卿嫂》中的出色表现让这位自命不凡的新锐导演折服了,特别是杨惠珊的敬业精神、对艺术的执著追求和坚定的意志在张毅心中留下了深刻印象。此后,张毅和杨惠珊又合作拍摄了《我这样过一生》和《我的爱》两部电影。在合作中,他们俩渐渐堕入爱河。虽然电影是他们当时共同的事业,但电影中的种种不尽如人意的情况也影响到他们的创作,张毅先生说:"拍电影是需要很大投资的,不可能由我们俩的意愿来决定。在创作的间歇中,我们总感觉到人生岁月的有限,所以,我们当时就想,找一个新的起点,重新规划自己后半生的生活。"

为什么会选择制作琉璃艺术品呢?杨惠珊说:"开始的时候,我们不知道将来要做什么,只是想找一个依旧跟艺术创作有关的工作,最终选择琉璃也是我们与琉璃的缘分。在我们俩合作的最后一部戏里面,有一些国外艺术家的琉璃作品被用来作道具。那是我第一次接触琉璃,我被这种材质所体现的意境深深地吸引了。我们觉得用这种材质来创作,有很大的想象空间。琉璃的透视性,它的色彩,甚至它里面呈现的一些气泡,一些状似流动的状态,都会让你觉得里外呼应的一种情趣,这样的趣味是在用其他材质创作的作品里面所看不到的。有一天导演跟我说,我丈夫那时候还是导演,我们可以试试用这种材质来创作。于是,我们找来很多这方面的书籍资料,就这样子开始了。"

对这个新起点,张毅先生说:"离开电影需要很大的决心,对我自己来说,那是我最喜爱的工作。但选择琉璃(当时它叫水晶玻璃）进行创作，除了我们很喜欢文化性质的工作外，还有一个因素对于我们的选择起到了很大的作用，那就是当时的现代水晶工艺美术品里面没有中国人的作品，一个中国人都没有，我们应该做。"

于是，他们在电影事业如日中天之际激流勇退，走上工艺琉璃的创作之路。

艰难的起步

在谈到对琉璃的认识时，张毅先生："如果拿玻璃与琉璃比较，我觉得玻璃是一种材质，而琉璃却是一种精神，一种心境，一种文化。"

为了追求这种精神、心境和文化，张毅与杨惠珊从零开始，在相当长的时间里与失败为伴侣。谈到当年创业的坎坷历程，张毅先生、杨惠珊女士都充满感慨："从事这个行业，第一个要求就是你要自己动手做，当时我们使用的制作技术叫'脱蜡铸造'。水晶玻璃的脱蜡铸造，在1987年时全世界只有法国人能做。我们写信给法国人的工作室，说我们能不能买这项技术，他们没有理会我们。随后我们想，没什么了不起，法国人能做的，中国人也能做，就这样我们开始试着做琉璃。"

"刚开始时，我们的想法有点天真。"杨惠珊说，"我们选用的技术叫玻璃粉脱蜡铸造法，我们想那一定跟蜡有关。于是，我们就买了很多白蜡烛，就是点亮用的白蜡烛，拿个小锅在阳台上把蜡烛熔了，把蜡心挑出来，然后做模。还有一次，我们花100多万台币定购了一个窑炉，待卖主走了以后，我们俩看着炉子才感到不对，赶快又把卖主请回来，我们说：'请问开关在哪啊？'（大笑）不断出现的工艺与技术问题，让我们的头皮都发麻了。"

俩人开始预算 15 万台币，可在此后的 3 年半里，他们却花掉了 7500 万台币。杨惠珊将所有的积蓄包括她父亲的房子、两个哥哥的房子、姐姐的房子，还有张毅的一个小房子，能卖的都变卖了，可以抵押的都抵押了进去。

艰辛的琉璃创作之路，杨惠珊与张毅一步步走得都很用心。在困难面前，他们用自己的双手和情感去捕捉希望的感觉，有时仿佛走入又黑又长的隧道，但他们相信前面有光明，只要坚持就能走出黑暗。经过 12 年的奋斗，张毅、杨惠珊的工房终于掌握了现代琉璃工艺技术，杨惠珊被誉为"中国现代琉璃艺术的奠基人与开拓者"，而"导演"杨惠珊的张毅则被称为"中国琉璃之父"。在赞扬声中，张毅、杨惠珊夫妇没有因此而沾沾自喜，他们深知中华文化的博大精深。张毅先生对我说："中国在东汉时期就已经能够做琉璃制品了，我们做了 3 年半，一个原来只有法国人掌握的工艺技术，现在中国人也能做了。但从整个中国的历史看，我们感觉是渺小的，现在还远不是得意洋洋的时候。"

张毅、杨惠珊夫妇特别看好上海，1996 年底开始在上海设立工房。他们认为上海是一个既有现代化的特点，又具有东西方文化的包容性的大都市，是发展琉璃艺术的理想天地。

现在，杨惠珊、张毅在上海开设了面积 6 千多平方米琉璃工房，其规模比在台湾的工房大 5 倍。200 多名员工在这座造型独特的工房里认真有序地工作，从制图、雕塑、脱蜡直到烧制出炉，加工包装。那些不起眼的"碎玻璃"在经过一道道工序的"旅行"后，神奇地变成了一件件光泽闪烁、冰清玉洁的琉璃工艺品，目前生产的琉璃制品有人物、花卉、珍禽、走兽、菩提佛像等 1000 多个品种。

张毅先生介绍说："我们现在有 10 个艺廊来销售和展示我们的作品，其中大部分在上海，少部分在北京。最近，刚在大连成立了艺廊，我们还想在广州成立艺廊。"杨惠珊琉璃工房的工艺品在海内外逐渐受到青睐。1992 年，他们的作品在北京故宫博物院举办第一次展览，并先后到日本、意大利、新加坡、瑞士、美国、捷克、英国、南非以及香港展出，杨惠珊从演员变为工匠的故事也成了人们茶余饭后的热门话题。

当初杨惠珊和张毅是为了追求"今生相随"的新生活而见到了琉璃，如今，琉璃却真正成了他俩"今生相随"的亲密伴侣。

（原载于《两岸关系》2001 年第 1 期）

文人乎？商人乎？
——听陈彬说自己

葛凤章　王　跃

盛夏，上海徐家汇玉兰公寓的一幢高楼里。

这里就是陈彬在上海的家，一套两室一厅的居室。我们一跨进门槛，只觉得屋里琳琅满目。定神环顾，才发现内中充斥无序和凌乱，那些"古董"外表的灰尘告诉我们：主人很忙，已经无暇顾及这些不会开口说话的"菩萨"了。

陈彬的确很忙，自从他那本处女作《我的上海经验》出版发行之后，岛内民众、大陆台商，有几个没听说陈彬的？跃跃欲试、想到大陆来投资的台商在找他，嗅觉灵敏、挖掘新闻的媒体记者在找他，仰慕其名、想请他喝茶聊天谋求一面的人也在找他……陈彬如今不仅很忙，而且很红。当我们推开黑皮沙发上的杂物坐定的时候，他拿出了最新出版的大作《上海商机》，这是他最近一年半时间里出版的第四本书。

我们的话题就从"书"开始了。

"我交上了'狗屎运'"

俗语说得好，"人不可貌相，海水不可斗量"。哥们儿陈彬，如果以其相貌论，怎么也看不出是一个"高产作家"。你看，他光着脚丫子屋里屋外地蹿，喝水那只茶杯差不多有脸盘大，豪爽的谈吐丝毫没有文人那种矫情与斯文。说到写书，他说"我的运气不错，真是交了'狗屎运'"。

陈彬是 1990 年来到上海的，十多年搏击商海的经历使他领教了上海滩的能量，尝到了酸甜苦辣各种滋味。

人们常说，"一朝被蛇咬，十年怕井绳"。在陈彬当年开的火锅店里，台商们常来"涮一涮"。陈彬呢，少不了出面寒暄。谈到做生意，各人免不了都会谈到被蛇咬的经历。久而久之，火锅店成了陈彬的信息中心，了解了不少台商在上海投资过程中发生的各种情况。至于说哪些是蛇，哪些是井绳？陈彬一下子也辨不清楚，都权当是蛇再说。

听说陈彬这里消息灵通，有些台商就来请教。陈彬有时忙，一时来不及答复，于是就用文字形式来回答台商的各种问题。有一次，一位台商看了他写的东西，顺口说，你写得不错，可以拿回台湾去发表呀！说者无心，听者有意，"对呀，我要把这几年的酸苦辣都写出来，也算解解心头怨气"。这里为什么没有"甜"字，因为陈彬这些年在上海投资血本无归，大伤元气，何"甜"之有？

写！第一本书写出来了。陈彬拿着书稿叩开一个个出版商的门，但是得到的回答都是冷峻的、令人心寒的——"不要"。后几经周折，台湾《工商时报》出版社帮他出了这本书，印了 4000

册，2000 年 1 月印刷完毕。

"屋漏偏逢连夜雨"。当时台湾正在忙于"大选"，书店里陈列的书全是写连战的，写萧万长的，写宋楚瑜的，没地方摆陈彬的书。他的书只能放在仓库里，说是要等到 3·18 投票选举结束后才有机会"上架"。

正当陈彬"山重水复疑无路"、一筹莫展的时候，用他的话说，我遇到贵人了，这个贵人就是李敖。"三月底，李敖托其主管助理打电话给我，当时我完全处于莫名其妙的状态。那个助理说李敖先生有一个'秘密书房'的节目，请你去当嘉宾客串。我问他有没有什么题目和范围，助理说没有，只告诉我提前十分钟到现场与李（敖）老师沟通一下。

我从来没有被电视录像访问过，那天我真的提前十分钟到了演播室。我不知道还要化妆，李敖已经化好妆了。两个小姐看到我来了，不由分说，一个帮我吹头，一个帮我擦汗涂唇膏，因为九点钟要正式开录的，一分钟也不能耽误。等我化好妆，时间就要到了，我没有时间与李敖沟通要讲什么，只是握了握手就出镜了。我只听到一个小姐告诉我，李敖很喜欢听大陆美眉（小姐）的故事，可多聊一点。

在这次节目中，李敖说我写的这本书很奇怪，奇怪就奇怪在不是教你怎么去成功，而是教你怎么去避免失败。对于自己，我只记得在那次节目里信口开河大骂台湾人有了一点钱就不知道姓什么，一副大爷的心态，有的热衷在上海交美眉，包二奶，该做的事情不好好去做……李敖听了很感兴趣，哈哈大笑。当时我讲了很多，不过后来一下场，讲了些什么我自己都不记得了，太紧张了。

这次节目一播，台湾的书市轰动了，我的书全部卖光，库存也一扫而空。许多民众要求重播节目，电视媒体也开始注意我。观众纷纷来电话，说介绍上海与大陆台商情况讲得这么透的过去还没有过。"

"我不是作家，是商人"

"有心栽花花不开，无心插柳柳成荫"。陈彬对这句古诗有独到的体会和感慨。有意经商，屡屡失意；无心写作，意外走红。

去年十月，陈彬写的第二本书《移民上海》出版。恰逢十一月台湾股票大跌，岛内经济情况越来越糟。陈彬得意地说："岛内经济越糟，我的书就越是卖得动，书店里我的书有几本卖几本。读者群中各种心态的都有，想看看大陆投资方法的，想看看上海市场情况的，也有的想看看自己的亲人在上海有没有染指大陆美眉和二奶的……

到今年六月，陈彬已经出了四本书，还有两本是《立足上海》和《上海商机》，他的书出版量已经打破台湾出版界的纪录，《我的上海经验》和《移民上海》两本再版了二十八次之多。据台湾出版界畅销书排行榜记载：《我的上海经验》为第七名，《移民上海》为第八名，《立足上海》为第二名。加上刚出的第四本书，发行量已经超过三十万册。出版社付给陈彬的版权费，与龙应台的和余秋雨的同酬。

陈彬告诉我："一个作家，一年半内连出四本书，而且本本畅销，这是过去没有过的。不过李敖、琼瑶的书是文学类的，我的书是非文学类的。另外，尽管如此，我并不认为自己是作家，我还是一个商人。为什么这么说呢，说实在的，后面几本书也是被台湾的读者逼出来的。他们通过各种途径来问我这问我那，我想那就干脆出书。再说，出书对于我来说，也算是一个商机。我出书了，就等于抓住了商机。"陈彬的话，使我想起台北市文化局长龙应台说过的一句话，"文化绝对是商品"。

我问陈彬，前阶段你经商亏了不少钱，这次出书全补上了吧？他笑着说："哪有那么快？现在最多捞回了三分之一，所以我还得努力。出书这活，赚的名比利多。我也知道，在别的作家眼里，我是一个'怪胎'。台湾有很多研究大陆的专门机构，有很多专家、教授。他们天天在研究，这么长时间了，还没有写出什么东西来，你陈彬信笔胡挥，就写出这么多畅销书，他们岂不气得要死？所以，我不与他们为伍是什么作家，我还是一个商人。"

"我的书引起了官方的感冒"

陈彬的书风靡台岛，引起了官方的注意。陈彬说："我的书引起了官方的感冒，有的官员拍拍我的肩说，还是少说少写一点吧，叫我不要作对！有的甚至公开说我是'大陆热'的推手。因为很多人对上海、对大陆不了解，又很想了解，所以一有书就拼命买拼命看，有的看了以后还想到大陆来试试身手。"

现在，台湾岛内民众不仅喜欢陈彬的书，而且还想听他的演讲。陈彬兴奋地告诉我："明天，我就要回台湾去了，演讲的计划据说家里已经帮我接到八月底了。请我演讲的有工会、商会、狮子会、扶仁社、企管协会等等，这些是民间的。现在，官方的也有请我去演讲的，比如国贸局等。我的演讲有人听，因为讲的都是实例。其实我讲的写的面很广，涉及方方面面。我怎么看的就怎么讲怎么写。比如有一次在《中国时报》举办的两岸情势座谈会上，我就讲台湾最大的问题就是想用政治去引导经济。我说台湾根本没有资格用政治去引导经济，现在全世界有资格这么做的只有美国与大陆。讲到'戒急用忍'，我说现在有谁还拥护这个话？相信这样的人，自己高薪拿着，可以不到大陆投资。我们不行，我们要为自己的肚子着想。台湾有人大骂王永庆，我说不能骂，他带领的好几万员工要吃饭，台湾又没有发展空间与市场，那他不到大陆来发展怎么办？说到'三通'，我公开讲，'三通'不通，我们自己通。其实，台湾的决策人也是自欺欺人，'三通'不和大陆通，要和香港、澳门通，他们已经回归了，都在共产党的版图里，还不一个样？最近钱副总理对两岸关系'一国两制'讲了七点，我认为讲得太好了，下次再出书的时候，我就要把这个内容加进去。"

陈彬认为，现在台湾制定政策的人，许多人不了解大陆的真实情况，有的人即使了解一点真实情况，也不敢说真话。他对此十分气愤，他认为自己就是为真相而说而写的。前些时候，陈彬听说台湾准备开放大陆旅游，但规定五十岁以上的才能前往，陈彬认为这规定绝对没有道理。

我问陈彬，你的书出版以后，在台商中反映怎么样？陈彬说："在大陆的台商，有的说五十万，章孝严说60万，可以说大多数人知道我出的书。"要说反对的人，陈彬认为有两种台商会骂他。一种是他书中点到的那些例子，有的台商看了书以后对号入座，认为陈彬写的就是他。还有一种是一贯骗同伙的台商，陈彬说："我的书一出，他再要行骗就不那么容易了，等于断了他的财路，我能不挨骂吗？在大陆，台商骗台商、台商坑台商的事例举不胜举。这些人往往承诺帮你搞什么搞什么，结果是宰你。"

"北京申奥成功，台湾日子难过"

对于两岸形势，陈彬喜欢做比较。他发现台湾市场前两年就开始发生问题，一直是在吃老本，资产全被掏空了。今后，台湾的经济恐怕还要倒退。陈彬认为台湾没有什么高科技产业，只有高科技制作，因为台湾的高科技都是花钱从国外买来的嘛！他认为大陆用不了几年就会赶上来，大陆的追赶速度，陈彬在上海的这几年已经完全领教了，完全可以相信。

陈彬对上海、对大陆的形势发展十分关注，他的住处订阅了《解放日报》、《新民晚报》、《新民周刊》等等。他说，上海目前有四十几万高科技人员，每年还要回来三四万。大陆五十八所重点大学，每年要培养高科技人才好几万。而台湾呢，人才外流，台湾的高科技市场往大陆这边倾斜，台湾商人只能来投资，这是不得不来。因为台湾的经济优势在丧失，在往下掉，而大陆却恰恰相反，在上升。这次七月十三日，北京申奥成功了，这又加快了大陆发展的步子，但对台湾来说，日子更加难过了。我看到2008年奥运会召开的时候，只有听大陆了。现在台湾人要到大陆来，已经不是为了赚大钱，而只是为了生存。

"做生意，我是个失败者"

陈彬毕业于台湾辅仁大学经济系，90年代初来到上海经商，开过不锈钢厂、面包厂、餐厅、快餐店、火锅店等，但是，这些实业现在都已不属陈彬的名下了，几年来一共亏了二千万台币的陈彬自己也不得不承认，在商战中，自己是一个失败者。

谈及失败的原因，勾起了陈彬对往事的回忆："初次来上海时，我是以旅游名义来考察的。那是一个冬天，住在希尔顿大酒店。吃完晚饭，出去走走，外面不怎么热闹。却碰上一个'小黄牛'，说可以带我们到热闹的地方去坐坐，那个地方就是威海路上的一个小酒吧。我包里有一瓶酒，一问小姐，开瓶费要五百元，吓得我都没敢拿出来。我们四个人喝了点啤酒，吃了一点水果，一结账要两千元。经过讨价还价，还价还到一千多，那次上海给我的印象并不好。以后，我们又到广州、南京、哈尔滨、沈阳、北京去考察，选来选去，还是决定在上海干。

"为什么一定要到大陆来投资呢？这也与当时台湾的经济形势有关。我在台湾开有生产不锈钢产品的工厂，1988 年那时候，台湾的股票很好，人人都去炒股，买了就赚。我的工厂请不到工人，即使请到了也是高价，还要迁就工人。有一次，为了工厂的一些烦心事，气得我不知不觉地把一辆才买不到半年的新轿车开进了稻田里。从那以后，我决心把台湾的厂停了，到大陆来开，当时是与上海杨浦区的一家铝制品厂合作。"

陈彬台湾的家在台北，祖籍是广东梅县人，太太在中华电信公司做事。他为了在上海发展事业，在徐家汇买了现在住的这套房子。当年买房子的时候，只有太太知道，陈彬都没敢告诉其父母，他怕当小学教师的父亲心里不安，当年台湾人对"共产党"三个字还是十分畏惧的。在上海，陈彬做生意红火的时候，也曾经营过八个面包店。寒暑假期，陈彬还安排儿子、女儿到上海来读书，日子过得蛮舒坦。

那么，为什么以后的生意会由盈变亏的呢？我一针见血地提问使陈彬触到了痛处。他说："有人问我在上海最大痛苦是什么？我的回答是，台湾人坑我。我们台商在外头办企业，都想找台湾过来的人当合伙人，没想到事情就坏在合伙人身上。我开的不锈钢厂，那个台湾合伙人做假账，低价倾销产品，硬是把一个好端端的厂搞垮了。我在大木桥路开了第一家面包店，生意很兴隆，结果我倒被聘请的台湾合伙人挤出了店门。"

"回首失败，我感到我错就错在交给台湾合伙人去管理。说实在，现在我才明白，聘用当地人，想坑我也有限，然而台湾人坑台湾人就太凶了，这个教训太深刻了。当然别的教训也有，比如办企业不能太放手，该自己掌管的就得自己管，不能乱委托，说起来教训也确实太多了。"

"书要写，生意也要做"

陈彬介绍了他做蚀本生意的经过与体会，我对他说，看来你做生意没有写书在行，干脆别做生意一门心思写书吧！陈彬断然否决："不，书要写，生意也要做。我离开了生意，就写不出书来。虽然我在生意场上不是一个成功者，但我愿意把我的教训毫无保留地提供出来，不要再让后人重蹈我的覆辙。"

"许多人认为到大陆来投资只要有三本：即本人、本事和本钱。我认为更重要的是要有本心，如果你满足于吃喝玩乐那怎么行？"

我问陈彬，你写的书有哪些得意之笔，有些什么特点？陈彬认为，令他最得意的是他的书进入了台湾学术界，许多教授都在研究他的书，这一点满足了他的虚荣心。还有，陈彬强调他的书只是他的观点，对不对要你自己判断，他不在书里做任何结论，只是把情况告诉你，怎么判断是你的事。

陈彬的第五本书预计九月份出，内容是写教育方面的。陈彬把教育问题列为到大陆投资台商的第二大问题，他说："台湾的教育部不承认大陆的学历，我要骂他们。凭什么不承认？全世界都承认就你台湾就不承认？我的孩子也在上海上学，管你承认不承认，我照样鼓励孩子上。现在，广东东莞那所台商子弟学校要办高中班，我反对，觉得没必要。办小学、初中，是因为孩子小，从台湾过来，有一个适应阶段。孩子到了高中阶段，考大学竞争很激烈，台商子弟学校那个高中班考得上台湾好的大学吗？听说这所子弟学校用的教材还是从台湾带来经这边核准的，那以后如果台商孩子报考大陆高等院校岂非惨了？出题老师会根据台湾课本出考题吗？大陆招收台港澳学生的考题已经一年比一年难了。还有，东莞那个台商子弟学校有没有参加英国伦敦的学籍学会？有没有备案？上海中学国际部参加了这个学会，那个高中毕业证书全世界都可以通用，只有台湾不通用。现在东莞那个台商子弟学校恐怕相反，它的高中文凭将来只有台湾大陆通用，世界上不通用，岂非又要误人子弟？据了解，要加入这个学会也不是一件容易的事，因此我觉得办这个高中部没有必要，似乎是不信任大陆学校的教育质量，其实大陆好的学校其教育方法和质量远远超过台湾。当年，我的儿子在上海中学国际部读书，有个台商的儿子是建国中学的。这所中学在台湾名气很响，因此这个台商认为他的儿子在国际部读太没劲，要到校本部与普通学生班一起读。去了以后，学习成绩老是最后一名，最后悄悄跑到美国去了。"

谈及今后的写作计划，陈彬告诉我，第六本书是写如何在大陆单项投资，书名暂时还要保密，因为一泄露说不定叫别人抢先一步，就会失去商机。出完六本书后，陈彬准备再好好做做生意，他现在正在和上海一所大学商谈合作办科学技术训练班的方案，在厦门他与人合伙开了"铁板烧"餐馆，在东北做边境贸易。两岸加入 WTO 后，两岸贸易一定会有新发展，陈彬这方面也早已有了打算。

采访结束握手话别的时候，我们祝愿陈彬多出书多挣钱。他叹了口气说，做生意难，写作也难啊！不开窍的时候，有时一个星期也挤不出一个字来。

"写书太累了。"陈彬说。

（原载于《两岸关系》2001 年第 9 期）

上海：台商的新乐园？

李　立　蔡晨瑞

突然间，台湾就像泄了气的球，经济持续萧条，股市"跌跌不休"，每天有540家工厂无奈地关闭了它的大门，台湾老百姓的消费激情已经熄灭。"趋近幸福"的本能，使台湾老百姓做出选择：哪里日子好过，就去哪里……于是，在台北桃园机场，人群熙熙攘攘，川流不息。航空公司听到的最多声音便是：给我个座位，我要去上海。

一个叫夏怡的上海女子，因在台湾电视上教台湾人学上海话而迅速蹿红，成为台湾演艺圈里的明星。人们在学习她那甜美的上海话时，也渐渐地认识了上海，了解了上海，还有的因喜欢她而喜欢上了上海。

上海台商陈彬的《我的上海经验》一书，畅销岛内，让更多的台湾商人甚至台湾民众了解上海。

台湾各大媒体浩浩荡荡地进驻上海，有关上海的报道铺天盖地，大有燎原之势，热火朝天。上海市台办仇长根处长告诉记者："2000年，来上海的台湾记者，大约有300个。2001年，仅上半年就达到了 300 个，增长的幅度相当大。"

一时间，上海成了台湾民众的热门话题，于是乎，很多台湾人跃跃欲试，想到上海来大显身手，放手一搏。

有人戏称，夏怡、陈彬及台湾记者是点燃"上海热"的"三把火"，他们推动着"上海热"潮，一浪高过一浪。

热浪滚滚的上海滩，热气冲天的"上海热"，上海的街头里弄、摩天大楼、政府机关到处都晃动着本刊记者的"疲背"，为的是要弄明白，上海到底是怎么个"热"？

实话实说"上海热"

记者在采访中发现，对于台湾岛内刮起的"上海热"，上海的官员、市民、台商及台商家属、来自台湾的打工仔等，看法不一，各有感受。

"真正定居上海的台胞是 2 万人左右"

中共上海市委副秘书长、上海市台湾事务办公室主任张志群说："邓小平同志曾对上海提出'一年一个样，三年大变样'的要求。上海这些年的变化确实很大，经济建设取得了很大成绩，呈现出勃勃生机，这是'上海热'形成的内在因素。当然，上海的发展也有台商的贡献。

"上海现有台资企业 4027 家，合同资金 67 亿美元。其中，台湾 100 家榜上有名的知名大企业，在上海投资的就有 51 家，占整个台湾投资合同资金的近 50%，投资项目 180 多个。从 2000 年开始，高科技、高附加值和资本密集的台资企业来上海投资的相对增加，还有台湾证券业企业在上海设立了 9 个代表处。这些企业在上海的投资是非常成功的，对上海的迅速发展做出了贡献。

"伴随着'上海热'的升温，来上海的台湾同胞更是逐年递增。仅去年，来大陆的台湾同胞就达 300 多万人次，其中，来上海的就达 32 万人次，在上海停留的台湾同胞有 20 万人次，而真正在上海居住的台湾同胞是 2 万人左右，其中包括 4027 家台资企业里的台商和从台湾过来的技术人员以及在上海就读的台湾学生。

"台湾同胞之所以看好上海，纷至沓来，形成了一股上海热潮，是基于对上海文化的认同。台胞喜欢上海这种文化氛围，他们在上海投资展业或定居上海，将会融入上海的文化氛围之中，成为上海的一位新市民。上海本身就是从各地汇集而来的一个移民城市，它的文化氛围是一种海派文化。所谓海派文化，就是集各地之所长形成的一种特别文化，其中也包括来自台湾的文化氛围。"

张主任高兴地对记者说："如果你有时间，趁着夜色去看看卢湾区的新天地，静安区的青海路和吴江路，在这些地方，你可以看到一个五彩缤纷的新上海的夜生活，这里，也有台湾文化点缀其中。譬如，来自台湾的杨惠珊的琉璃工艺和新天地的台湾装饰工艺等等，都给上海的海派文化增添了新的色彩。我想也正是由于这种五彩缤纷的文化氛围，吸引了台湾同胞蜂拥上海的一个重要因素。

"当然，岛内的影响也是一个因素。近年来，由于受岛内政局动荡及台湾泡沫经济的影响，加之台湾产业结构转型中出现的种种问题，造成了今天台湾经济发展的困扰，也使得台湾的企业界人士，在寻找新的投资热点地区时，将目标瞄准了上海。"

"阿拉上海有这个实力"

对于官方的看法，上海市民比较认同。陆先生经营一家小餐厅，虽说店不大，但人生的各种好戏都可以在这里上演。坐在这里，自然能看社会百态，听"新闻联播"。

当记者一提到"上海热"3个字时，陆先生马上抢过话去，"'上海热'嘛，知道。来我这里吃饭的台湾人最近'有点挤'，有老板，也有台湾来的打工仔。为什么台湾人都想来上海呢？我觉得主要是上海的发展太快，地铁、轻轨、高架桥，还有那数不清的高楼大厦，像变戏法似的，几年工夫，全从地上冒出来了。台湾出现'上海热'，那是因为阿拉上海有这个实力。"

在一家外企做部门经理的孙先生分析"上海热"形成的条件来，真是有板有眼，他说："台湾之所以出现'上海热'，起码是基于这么几个条件。一是上海的建设快，就拿住房来说吧，从以前的'一双鞋'、'一张报纸'到'一张床'再到现在的一间房，变化确实很大。二是上海有工业和商业基础，其资讯业和金融业比较发达。三是上海天时地利人和，法规健全，治安也好。四是上海各方面更像台北，台湾人比较能够接受，愿意到上海来求得发展。"

"上海是个大商埠"

鼎邦置地（上海）有限公司总经理吴天山对记者说："台湾出现'上海热'不是偶然的，是由于上海市政府努力改善投资环境的结果。台湾的投资环境恶化，政局乱成一团，经济衰退，前途暗淡，而上海恰恰欣欣向荣，前途美好。自然啦，人总是愿意到一个有生气、有前途的地方去发展自己的事业，很多台湾人包括台商就是基于这种心态来大陆的。

"当然，大陆有很多地方可以去，广州、深圳、福州、大连、北京等，为什么台商来上海的比较多？因为台商来大陆是做生意的，而上海又是个大商埠。往往商人都是首先抢占大商埠，打好基础后，然后再向内地发展。如果一开始就到内地发展，那到后来就有首尾不接的感觉。

"上海比较接近国际大都市的风貌，像娱乐、生活、购物、文化越来越丰富。我觉得住在上海不会比住在台北不好，最起码住的房子要比台北又好又宽敞。

"如果两岸能够'三通'的话，我想明天将会出现新的一波更热更强劲的'上海热'。'三通'对台湾人来说，就好像两岸的海峡不见了，这样，市场扩展面更宽了，做生意也更方便了。而且两岸同文同种，没有语言的障碍，也没有生活习惯上的障碍，来上海的台湾人将会更多。"

来上海打拼 10 年、做了 6 年的上海市台商协会会长的杨大正，最初经营房地产，他开发的"科技京城"现已成为上海北京东路的一大亮点。现在，杨大正掌管着上海金点子信息科技有限公司的大印。谈到"上海热"，杨先生认为："上海本身有它的历史情结。一百年来，毛泽东先生和台湾的蒋介石先生早期都曾在上海活动，西方国家也曾在上海有过租界，各国文化在上海碰撞、交融、渗透，这使得上海带点神秘色彩。

"最近十年来，上海建设确实蛮快的，不光是台湾，全世界都承认，上海的城市建设在世界上是最快的。不仅如此，上海的文明程度也很高，有着深厚的文化底蕴。这就好比一个长得很漂亮的女人，如果她没有文化，没有修养，那她就没有一种内在的气质，她一说话，你就会觉得她不美。上海有现代的建筑，繁华的市容，国际化大城市的气派，再加上中西融合的现代文明，所以上海挺美的。那么这两年出现了'上海热'，也就不足为奇啦。"

上海芳邻餐饮美食有限公司总经理乔爱仙，对人很热情，总觉得她满脸的笑细胞在跳舞，她说："我也是上海人，父母都是从上海过到台湾去的，上海还有我的亲戚。最初我是在江苏启东市做紫菜加工生产，后来才到上海来，因为上海的商业气息很浓，法制健全，社会治安好，生活也比较适应，要什么有什么，而且够水准，上档次。我的孩子来上海看我，第一次看到上海时惊呼，'哗，好漂亮啊，一点也不亚于台北'。确实是这样，所以才有很多的台湾人都到上海来寻找机会，发展事业。"

"哪里日子好过，就上哪儿去"

在上海的海兴大厦，记者遇到了一位台湾年轻人，经了解，这位台湾年轻人叫刘忠，是刚来上海不久的打工仔。正好记者要采访各类人对"上海热"的看法，找不如碰，于是，我们的话题自然转到"上海热"上。

刘先生对记者说："其实，我就是这股热浪冲过海来的。现在的台湾，让人看不到前途，而上海却是个欣欣向荣的地方。我还年轻，我不想在一个前途暗淡的地方等死。我要趁着年轻，到一个有远景的地方去发展。在台湾，我听到的、看到的全是上海的报道。这么好的地方，我为啥不去？就这样，我来到了上海。

几个月下来，我觉得我来对了，我感觉浑身都有劲，我要在上海好好地施展一番。"

刘先生告诉记者："几个月来，我对上海的感触颇多。上海具有国际大都市的风范，商业气息非常浓厚，我为自己迟来上海而深感后悔。这里的竞争很激烈，但机会也很多，只要你有本事，你就会找到发展的空间。

"记得刚来上海时，正赶上上海合作组织首脑高峰会议，许多街道实施交通管制。沿途老树成荫，新整修的古楼和现代建筑并列林立，街面干净，人们往来穿梭，忙而不乱，除了交通有些不便，偌大的大上海一如往常地运转。其实，交通也并非想象中那么糟糕，出租车司机在绕过了两条街道后，一切又很畅通了。司机边开边评论：'慢慢地，中国全部开发了，像 APEC 这类会议，就可以搬到周庄之类的小镇去举行，他们能专心开会，也能享受中国美景，还留下大城市给小老百姓继续过我们的生活。'他笑嘻嘻地，表情安详宁和，眼睛里放着光。那一刻，我突然明白了为什么近来台湾老百姓想移民上海。"

刘先生说："小老百姓，图的无非是一个过安稳日子的权利，如此而已。哪里日子好过，就上哪儿去。人嘛，总是渴望良好的生活品质。这里有一个大致卫生整洁的大环境，空气不至于污染得太离谱，有丰富的工作机会可供选择，交通方便，社会治安好，一个人可以专心地做自己的事情，而无须担忧今日努力的成果有一天会莫明其妙地被外界力量所剥夺，我看今日的上海就具备这个条件。"

台商李小环先生是从事电脑软件开发的，说到"上海热"，他认为"很正常，水到渠成。因为上海有这个实力。再说，商人嘛，哪里有利就去哪儿"。

哦，听口气肯定是个能侃的主，记者自然"放手一搏"。我问李先生："听说台湾有一句新民谣：如果不想受 shānghài（伤害），就请赶快去 shànghǎi（上海），认为台商之所以看好上海是基于 4 个方面的原因：上海有钱可以大把大把地赚，上海有潜力可以不断发展，上海有看得见风景的房子，上海有太太们的支持。"

"确有一定的道理。"李先生性格豪爽，快人快语，"上海是个可以赚钱的地方，因为上海有证券交易所，有台湾人可以用美元投资的 B 股；上海是个拥有超级动员能力的、巨大的消费市场，可以说商机无限；上海人才济济，连工厂里的工人都拥有堪称'全国素质第一'的职业水准，在此投资设厂，员工队伍比起台湾必然是'物美价廉'；上海是个在全球都拥有知名度的国际化城市，各国资本和商人在此'游龙过江'，仿如商人的天堂。

"上海又是个可以发展的地方。我在台湾时，看到台湾媒体报道上海的内容包括'国际化地位'、'市场化改革'、'未来化教育'等。特别是教育方面，上海今年推出中小学教材改革，以'研究型学习'、'双语教学'等新概念为主轴，引起了岛内媒体的关注。我记得有一家台湾报纸这样写道：'教育是一个城市未来竞争力的最重要的标志，而上海这种全方位的改革比台湾的中小学教育要更先进、更具未来眼光'。

"上海是个可以度假的地方，从黄海到东海，从太湖到西湖，包括江浙沪在内的大上海地区堪称是集中了全中国美丽风景最多的地方。加上 90 年代的集中开发，大批设计新潮、赶得上国际时尚的楼宇大厦、别墅花园在大上海拔地而起，引来大批台商在此购置房产，据说一半是用来投资，一半是用来自己住，即使不在本地定居，也可以每年都来此度假、观光、休闲。"

"上海还是个可以定居的地方。过去有'拎着皮包推销天下'之称的台商，曾在低成本地区大规模投资，因当地生活条件落后而无法安顿家眷，并由此带来'包二奶'等一些社会问题。但上海很不同——这里有超级商场、豪华酒楼、花园洋房、情调咖啡馆、时尚美容院以及够品位的演出、够味道的享受。台商的太太们不仅可以在此前线'监督'老公们的应酬，还可以把孩子送到有名的国际学校去。"

见惯不怪

记者行走在街道上，看人来人往，车水马龙，一切都是那么地井然有序。问上海市民怎么看"上海热"现象？"啥个'上海热'，我不知道咧。哦，你说台湾人来上海的多了，我可没觉得。上海的外来人口有 300 多万，来几个台胞，不过是沧海之一粟而已，根本看不出来。"

记者在上海做一调查，90％的上海市民不知道目前炒得沸沸扬扬的"上海热"，看来"上海热"里有点凉。

海兴大厦的一位领班唐伟先生告诉记者："所谓的'上海热'并不是上海市民取的，而是台湾岛内炒起来的。现在，上海人与台湾人的接触层面深入了，没把台湾人当外人，台湾人也是中国人，原来那种神秘感已经没有了。大家都在上海生活，彼此都很融洽。我楼上就住着一位台湾人，经常碰到。有时，我们还一起闲聊，杀几盘棋。我们对台湾人已习以为常，上海的台湾人有 20 万之多，多来一些台湾人根本没感觉。"

先行者：给你一个忠告

来上海奋斗十年的台商张力房地产策划公司总经理张靖忠认为，出现"上海热"这种现象，是件好事，说明上海投资环境不错，它有着独特的魅力，各方面硬件条件绝不亚于台北，"有人说上海商机无限，遍地黄金，却非平庸之辈能够捡到。我承认上海遍地黄金，就看你有没有本事捡到。以前还只有港商和台商争，现在是全世界的一流企业、一流人才都来争，而且大陆的企业经过了十年磨剑，也早已今非昔比，大家都在想捡上海的黄金，你争我夺，你可能还没有站稳就已倒下了。所以，我以为，要想捡黄金，必须先要练好马步，而且仅练蹲马步的功夫就至少要半年，半年过后，对自己这行考察清楚了，才可试着去捡金子。在捡的过程中还有可能被人打落，中途被人抢走，什么情况都可能发生。以我在上海打拼十年的经验观之，赚钱有之，落魄亦有之，而落魄的原因主要是有钱收不回，还惹上官司。

"所以，我要对赶热潮的台湾朋友建议：在来上海之前，一定要做好充分准备，要'停、看、听'。'停'就是不要冲动，先确定自己来上海是投资还是投机，然后拟订周密计划；'看'就是要观察市场，比如市场有多大，人流有多少，风险有多高；'听'则是了解别人成功和失败的经验教训，再自我总结。最后决定投入了，还要有熬三年的准备，尤其是前两年，会出现运动中的撞墙现象，能熬过这一段，大概就能多少捡到黄金了。"

提到龙凤食品，你自然会想起龙凤汤圆，可你不见得会知道"龙凤"的老板——叶惠德。叶先生1990年就来上海，也可算得上是"老上海"了。公司发展得非常顺利，光是上海公司，一年的利润就高达 2 个亿。去年，叶先生被选为上海市台资企业协会会长，于是乎，协会、公司两头跑，每天的时间都安排得满满的，可叶先生感到心情愉悦，"既能为台商朋友做点事，又能为公司赚钱，两全其美，这样的人生是不是很有意思。"对于今天的"上海热"，叶先生认为："这不是一个好现象，上海固然机会很多，可竞争也很激烈。因为它不仅是中国的上海，而是全世界的上海，任何大企业都想到上海来发展事业，争吃上海这块大蛋糕。

"目前，被'上海热'吹过来的台湾人并没有准备好，有的根本就不具备竞争条件，这样匆忙过来不是一件好事。这会产生这么几个情形：一是不了解当地的法律、法规。比如要开一个餐厅，可政策不允许，那他就去借一个人头，结果麻烦不断，甚至还要扯上官司。二是不清楚旧台商会欺负新台商。三是不是什么行业来上海都能发展。开店会赚钱吗？难说啊。房屋的租金那么高，开店不见得会赚钱。四是不知道与当地政府如何相处，不了解当地的风土人情，还自认为自己对，常常造成很多矛盾，这样的例子不少。本来是高高兴兴地来上海淘金，结果呢，不但没赚到钱，甚至于血本无归。这样，他回到台湾，绝对不会讲上海的好话，说不定要骂上海。因为他不了解上海的政策，不了解当地的民情民风，还拿台湾的做法来套，这样势必是'刻舟求剑'，不得要领。所以，台湾人对'上海热'要理性，不要盲目地来上海，应该了解上海的投资政策、法规，做好充分准备。比如，在台湾，有 500 万可以做 1000 万的生意，但在上海，500 万的本钱，只能做 300 万的生意，留200 万做风险预备金。否则，他用台湾的方法，哦，我有 500

万，再借 500 万，就可以做 1000 万的生意了，可是那 500 万借不到，他还没开张就垮台了。因为你在上海没有信誉档案，银行怎么会一开始就借给你钱呢？换成你是银行，你也不会呀。这些都是不必要的误解，必须事前了解清楚。

"我这样说，并不是说上海不好。事实上，上海的投资环境不错，跟国际比较接轨。上海市政府比较清廉，而且办事效率算是蛮高的啦。另外，上海有很多机会，它独特的区位优势和良好的硬件条件，吸引了全世界客商来上海投资，其迷人的魅力挡也挡不住，就看你是不是猛龙过江，功夫了得。"

"上海，加油！"

十年来，上海的发展是举世瞩目的，这也是台湾形成"上海热"的物质基础。记者在采访中发现，无论是上海的政府官员，还是上海的老百姓、上海台商，甚至于"美代子"（台语的意思是"没事干"。在上海，"美代子"专指那些投资上海、江浙一带的台湾大老板的夫人们。她们随老公来上海定居，不用工作，唯一的工作是相夫教子）及来自台湾和内地的打工仔，都对上海的发展有着共识。一提到上海，他们几乎同声说："哗，上海发展太快啦，一天一个样，半年不见吓一跳。"

"三段式发展"

"上海是按三段式发展的，"上海市台办主任张志群对记者介绍说，"十年来，上海基本上是按照三个三段式来发展上海的经济建设的。第一个三年，上海主要是进行基础设施建设和道路交通的整治。正如大家所了解的，旧上海是一个租界甚多的城市，由于租界的原因，上海的街道宽窄不一，地下设施也由于租界的不同而各不相同。所以，在 1992 年之前，上海的交通非常拥挤，行路难是当时上海城市建设落后的一大特色，也成为第一个三年的主要任务。

"第二个三年，主要是努力改善市民的居住条件。上海以前流传着一句口头语，就是'宁要浦西一张床，不要浦东一套房'。也就是说，当时上海市民的人均住房面积不足 4 平方米，经过全体市民的努力，现在上海市民的平均住房面积已达到了 11 平方米，基本达到了住房的成套率。

"现在进行的是第三个三年，就是要提高上海的生活环境，大规模地进行城市绿化，预计到第十个五年计划末，使上海的人均绿地达到 11 平方米。你现在看到上海环线以内的绿地比原来要增加多了，毫无疑问，上海市民的生活水准得到了提高。

"正由于有了这三个三年的三段式建设，今天的上海天更蓝了，水更绿了，空气更新鲜了。当然，上海的巨变也包括台湾同胞的贡献。"

"我为上海感到骄傲"

俗语说："开门七件事：柴米油盐酱醋茶。"老百姓的生活总是离不开衣食住行，所以他们对一个地方的发展、变迁，感受最深的就是衣食住行。这不，记者在上海的陕西路街道采访的时候，当地的几个居民就跟我唠起了家常，他们说得最多的是交通的发达、住房的改善，最感叹的是浦东变化之大。

丁磊先生是在一家港资企业工作，说起上海的发展，丁先生感慨地说："我为上海感到骄傲。十年来，上海的变化实在太大了，浦东的变化更大。我喜欢在浦东赚钱，在浦西生活，因为浦东的消费太高。"

在浦东的"东方明珠"塔前，记者见到一位老先生和一个小姑娘在玩乐，一问才知道是祖孙俩。老先生是位教授，在浦东生活了近十年。说起上海的变化，老先生很高兴，滔滔不绝地对记者说："我是1990年来浦东居住的。记得刚来时，只觉得楼房修建得不错，但周围杂草丛生，地面坑坑洼洼，好像到了乡下。住下后，又发现买东西也很不方便，附近很少有商场。现在被称作'浦东的南京路'的张杨路那时很窄，路上到处堆放着垃圾，臭气熏天。

"从1992年开始，浦东的建设速度加快了。我亲眼目睹了浦东第一座高楼——裕安大厦的修建，还有南浦大桥、杨浦大桥、过江隧道的建造，还亲眼看到了东方明珠电视塔，金茂大厦、张杨路、世纪大道以及地铁二号线的建设。"

"上海速度　史无前例"

鼎邦置地（上海）有限公司总经理吴天山谈到上海的变化时，一脸的笑容。他说："上海越来越接近国际大都市的风貌，绝对不输给台北。"想起刚来上海时的样子，吴先生颇多感慨，"刚来上海时，我吓一跳，怎么这个样子，上海这样落后呀。可短短的十年过去，上海的变化实在让我非常感动，上海发展的速度是非常惊人的，恐怕在全世界的任何一个时期，上海的发展速度都是史无前例的。具体的发展变化，我说不清，一下子也说不完，我给你举一个例子。我的一位美国建筑师朋友来上海帮我搞设计，他拍了很多照片，制成明信片。明信片上写着，上海大概有1万多公顷的土地在施工，等你收到我的明信片时，上海又有

100多栋大楼落成了。也就是说，他从上海发出，到他的美国朋友收到，这期间，上海又新添了100多栋大楼。这件事很有趣，当然也夸张了一点，但至少可以说明上海的发展速度之快。连我的美国朋友也感到惊讶，不断地慨叹：'不可思议，简直是太不可思议了。'"

中达—斯米克电器电子有限公司总经理王其鑫对上海的发展深有体会。他说："原来上班40分钟，一堵车就要延误1～2个小时。早上8：30上班，往往天一亮就得往公司赶。那时，我真正体会到'宁要浦西一张床，不要浦东一套房'的无奈了。可后来，上海的发展简直是目不暇接，眼花缭乱，其速度之快，已非世界上任何一个城市可比。如今，我从浦西的家到浦东公司上班，1个小时可走个来回，而原来起码要2～3个小时。"

亚细亚总经理詹明光是上海巨变的受益者，正是上海的建设速度快，才铸就了亚细亚在全国磁砖界的龙头地位。詹明光高兴地说："面对上海新一轮房地产开发的启动，亚细亚产品越来越成为市场的抢手货，看来我的下辈子注定要交给上海了，我的事业将随着上海的发展而发展。"

作为台湾炒货业最早来上海投资的"先行者"，为人坦诚、作风朴实的上海台丰食品有限公司总经理李俊龙对上海情有独钟，他说："我真佩服上海人，他们想干什么，就能干成什么。有人说，上海一年一个样，三年大变样。可我认为，上海一月一个样，一年大变样。上海，加油！"

大汉灵芝保健品有限公司总经理许文雅比较认同李俊龙的看法，他说："上海的市政建设比任何人随意想象的还要快，上海简直是在百米跑、三级跳，而不是在走。这几年，我基本上长住上海，难得回台湾一次。每次返台，都是匆匆而去，匆匆而归。同学、好友不解地问我：'为何如此匆忙？'我总笑着回答，必须早点回去，不然的话，回家会找不到路。"

上海金点子信息科技有限公司掌门人杨大正，对上海的变化打了一个很形象的比喻："十年前的上海就像乡下灰姑娘，没有打扮，灰头土脸的。现在的上海就像一位很时髦的女士，穿着华丽的服装，脚踩高跟鞋，烫着头发，头上还戴着一顶帽子，满口文雅的语言，俨然十足的高贵淑女。"

"还可以做得更好"

这几年，上海发展确实很快，褒扬之词不时见诸报刊、电视等媒体，但台商认为上海还可以做得更好一些。台商杨大正说："我觉得上海市有些领导有点飘飘然了，认为自己很好，很了不起。其实，对比之下，周边地区的发展也是很厉害的，而且还在不断改进。记得上海有家电视台采访苏州市市长，这位市长说：'我们要求所有与外商对口的单位，要秉持一个原则，外商的投资资金到位后，我们的服务才刚刚开始。'我深有体会，有这样的投资环境，哪个台商都愿意去。有位昆山台商亲口对我说：'昆山的书记和市长承诺，只要台商有事，随时可以打电话找他们，他们的手机 24 小时开着。只要他们知道了这件事，保证在 24 小时内解决。'台塑想在昆山投资，要求要 150 亩土地，昆山市政府马上办好了。台塑负责人一看，乖乖，这么快就办好了，于是就追加到 1500 亩。市长说，明天我给你答复。第二天，有三个有 1500 亩的地方供台塑选择。台塑看中了高速公路旁的那块地，但这里是学校和居民区，有些顾虑。市长答应，半年内交给他一块平整的土地。可不到 1 个月，就全部清平。台塑没想到当地政府的办事效率竟如此之高，最终追加到 4000 亩。

"但是在上海，这是不可能的事。当然，上海是个大都市，外商云集，在服务上可能顾不过来，但还是可以做得更好。"

杨大正认为："上海的硬件不比台北差，有的甚至还要超过台北，但在软件建设上，还有待进一步改善。我曾经陪上海分管城市、文化的副市长去台北，这位副市长觉得台北的街道很干净，但奇怪的是，台北的马路上并没有人在打扫，这是怎么回事呢？我说：很简单啊，没有人丢呀，怎么需要扫呢？随团的一位团员问：'可树叶会落下来呀。'我回答说：在台北，天快亮前的四五点钟，有清洁工打扫，扫过之后，整天都不需要再扫地，因为没有人在街道上乱丢东西。可上海整天都有人在扫地，永远也扫不完。因为，大家随便丢东西，反正不在我家就可以了，这就像一位美女，看起来很漂亮，可一讲话，一走路，哦，怎么这样？"所以说，软件建设也很重要。

上海台资企业协会会长叶惠德对上海的软件建设也有同感，他说："实际上，上海的硬件不输给台北，但软件上还要进步。软件重在教育、普及，比如，教育市民不要乱穿马路，乱扔东西、不要随地吐痰，等等。有一次，我正开着车，明明看着那人不会过来，没想到他却突然跑过马路，害得我来一个急刹车，吓出一身冷汗。还有人竟然在高速公路上骑脚踏车，简直是拿生命开玩笑。"

融入上海的台湾人

目前在上海生活过十年以上的台湾人恐怕不在少数，这些最先"登陆"的台湾人，无疑成为欲来上海寻找新生活者的榜样，而他们自己有时也暗自嘟囔一句"阿拉上海人"的方言。其中有人感叹"上海太大了，摸了十年都还没摸透"，还有人说自己也养成了上海人的性格，更有人说孩子落地生在上海，回到台北，竟闹着要回上海，说他的家在上海。无论怎样，上海已成为这些台湾人生命中的一部分而无法割舍，此处也许更饱含着两岸同胞血脉相连的意义。

"简直就像在台湾！"

乔老师是客人们对乔爱仙女士亲切的称呼，她原在台湾是小学教师。四年前来到上海，开了一家名为"芳邻"的台湾餐馆。她万万没想到这个喝喝小酒、吃吃小菜的地方竟被台湾客人美其名曰"温馨的家"。

每天用餐的高峰时间，乔老师都忙得不亦乐乎，店堂里坐满了客人，不用问，大都是台湾人。在吧台边摆放着报架，架上是当天台湾的各种报纸，有些客人一边看报一边欣赏着台湾正当红的流行歌曲。端上来的菜肴，不论是鲁肉饭，还是采脯蛋，全都散发着浓浓的台湾味，难怪第一次来这儿的台湾人会产生错觉：简直就像在台湾！

以前从未经营过餐饮业的乔老师，面对今天如此红火的生意，自然饱经了许多酸甜苦辣，但她说，上海是她的老家，在这里生活总有一种安定的感觉。

一样关注，两样情怀

在上海生活了十年的翁女士，是一家西餐厅的老板。生意平平淡淡，也没什么大冷大热，可她提起在上海的生活却又是另一种味道。

初来乍到时，台湾人很少，上海人对她都很注目。遇到大陆较为敏感的日子，都会有警察在店外的街道上值勤。她去问熟识的警察其中的缘由，警察告诉她："没事，只是防止意外事件发生。"现在，却再也见不到这种"格外礼遇"的现象了。台湾人、香港人、外国人、上海人都是上海市的普通人，大家过得都很平静，她也感到这样很踏实。可是现在，我们这些"老上海"却又成了焦点人物——台湾媒体记者眼中的焦点。

前一段时间，有两位先生来餐厅用餐，他们点了菜后就向她请教菜的做法，谈着谈着，就问起她对上海男人的看法。她便滔滔不绝地大谈了一气，最后还意犹未尽地说，有时间一定要写成文章投给《中国时报》。就在那时，两位客人亮出了他们的名片，当她看到上面赫然印着《中国时报》记者时，差点没晕过去，所以现在她格外谨慎，尤其是对台湾客人。

社区生活，其乐融融

古北新区的家乐福超市中，熙熙攘攘的顾客在采购着货物，来自台北的汪女士常常是其中的一员。1991年她随先生来到上海，现在三个孩子都在上海本地的学校读书，自己除了相夫教子，还兼作社区的义工。

汪女士说，她像很多来大陆的台湾太太一样，原先在台湾有工作，现在这样就是为了家庭的团聚和幸福。所幸的是，她有一门织绒线的手艺，在新的生活环境下仍有用武之地。现在的女孩子一提流行歌曲都很拿手，可要是让自己缝颗扣子却连针也不会抓。她在居委会的帮助下开设了织绒线的讲座和展览，效果非常好。最近，街道上一位管教育的领导还请她去学校教课，传授这门技艺。

为了让孩子适应上海的生活，汪女士还动员全家参加社区的文艺汇演。结果获得了一等奖，孩子在高兴之余又结识了不少小朋友。汪女士说，现在孩子们都已融入了社区，甚至知道哪一家出租车公司的信誉好，哪一家商店的东西货真价实。

作为社区里的老住户，汪女士是个热心人，经常为新搬来的台湾人指点迷津，使他们尽快安定下来。同时，她还热衷于赈灾、助学等慈善事业，这些行为带动了很多台湾太太们，她们正在形成一个很活跃的社区群体。

判断"好台商"的秘诀

据报道，近年来台湾离婚率屡创新高，很多是在大陆的台商家庭中产生的。所以就有了这样一个笑话：台湾的太太在先生去大陆时，会送给先生一部手机，这种手机的价格是 2 万新台币，功能是随时可以监听丈夫的行踪和通话。时间长了，先生们就发现了这个秘密，所以现在太太送手机给先生的，先生一般不敢要。

在上海打拼了十年的台商杨先生对这个问题嗤之以鼻，他说，工作都忙不完，还哪来的心思去"包二奶"、"包三奶"，凡是在上海好好做事业的台商都不会有这种现象。其实很多台商是非常注重操守和品德的，台商们的休闲生活不像台湾媒体炒作的那样，他们有各自的兴趣和爱好，有的收集古董、茶壶、石头、字画，有的偶尔打一打高尔夫球，有的认为忙完一天，能喝上一杯上好的咖啡就是最大的享受。而他自己一年要读 50 本书，阅读是他最大的乐趣。

判断台商在上海是否好好做事业，杨先生讲了他的经验：如果在上海待了三年以上，要么头发白了许多，要么头发接近谢顶，这就是好好做事业的人，如果不是这样肯定快完了。

现在越来越多的台商举家迁到上海，这对台商安心发展事业、推动上海经济很有好处。十年来，他感觉上海的发展也有自己的一份贡献。

上学，还是本地的好

台商拖家带口来上海，子女的教育尤为重要。东莞、昆山都办了台商子弟学校，上海的许多台商却并不十分羡慕。一位在上海经营高科技产业的台商刘先生说，他考虑再三，还是送小孩子进本地的学校读书。因为上海的本地学校教育质量都非常高，这样既可以增进小孩对大陆文化的认同，而且将来比较容易考上上海的大学。

很多在上海长期发展的台商都和刘先生有类似的想法。刘先生说，现在上海很重视来投资的台商，小孩子带过这边来，可以选择就近的重点学校读书，给我们发展事业带来很大便利。当提到在上海建台商子弟学校，刘先生说，台商协会正在积极筹划，但他希望"把学校建在他家门口"。看来，单说学校选址的事儿就很令人头疼一阵子。不过，台商像精明的上海人一样早已打定了主意——"上学，还是本地的好"。

（原载于《两岸关系》2001 年第 10 期）

焦仁和：愉快又轻松

葛凤章　王　跃

　　王跃与台湾朋友聊天时，听说焦仁和在上海创业，开了一家咨询公司。这个消息真给我带来几分惊讶，因为焦先生曾是台湾当局的要员，也曾是两岸关系史中的风云人物，他为什么会选择上海为自己后半生的发展之地呢？

　　带着好奇与疑惑，我们来到了坐落在上海徐家汇附近的汇银广场，焦先生主持的富兰德林咨询公司就在这座大楼里。见面的时候，焦先生笑容可掬，神采奕奕，似比以往所见多了几分潇洒。我们的话题就从"创业"开始了。

谈创业，"做梦都在笑"

　　焦先生回忆说："2000年台湾'大选'之后，国民党失掉了政权。我是一个资深的国民党党员，当然要随着政党退下来。虽然也有些人留下来继续当政，但那不是我的性格，也不是我的风格。我原来是教育界出身的，在大学里前前后后教了二十年书，后来参加了政府工作以及两岸事务。在处理两岸事务中，我最大的一个感慨，就是无力感。这种无力感是来自于双方的，我虽是一心一意想把工作做好，想促进两岸之间的和谐、合作，使两岸关系进一步发展，想沟通和化解过去的一些误会。但是，由于双方彼此间多年的误会，诸多的内在因素，使我在两岸关系这种促进和推动工作上感到无力，所以我想找个机会重新开创一个事业。那么，是回到我所熟悉的教育工作呢，还是创业？经过一番考虑，决定还是创业。"

焦先生做出这一决断绝非偶然，因为在他的心中，难以忘怀这些年来两岸关系的风风雨雨。他说："经过这些年的探索，我对两岸关系的掌握和了解已经有了一定的基础。如果去做一个老师，或者去做一个校长，台湾现有一百多所大学，这样的人才很多。但是，要说了解两岸情况或者说是能够用法律的专业来为两岸的投资者或民众做点事，我觉得自己还有能力。当然，这也并不是'舍我其谁'，只是我觉得这方面因为过去接触的关系，我比其他许多人有更好的条件去做这件事情。我也想过，已经年过半百了，如果再不创业的话，此生也就没有创业的机会了。"

我问焦先生，听说您2000年9月辞去政务官，选择了自行创业这条路后，做梦也在笑，有这事吗？焦先生笑着回答说："没想到这句话连你都知道了。那是从我太太那里传出去的，也许反映了我的心情。离开政界之后，再看看今天台湾的这些人物，这种表现，我在想，如果我今天还是某个部门的首长，政坛今天的这个样子，不仅我脸上无光，连自己的子女走出去都很丢脸。所以我真的很庆幸，离开了台湾的政治圈。把过去自己服务人民的经历告一个段落，真正地为自己、为家庭做点事情。过去，我在海基会，一天工作哪止 8 个小时的？12 个小时、16 个小时的都有。我当了两年四个月的'侨委会'委员长，出访 35 次，跑了 60 万公里，可绕地球 15 圈。到任何一个都市，都是马不停蹄的，最多时一天还有八场演讲。回到台湾，有时一整天坐在'立法院'的房间里，一边批公文，一边听那些人胡说八道。晚上，不管你应酬到多晚、多累，还要有两三个小时批阅公文，没有哪一天不到夜里一两点钟能够休息的。现在好了，下班了就可以回家，与太太一起陪母亲吃晚饭，晚上的时间都属于我的了，爱看电视就看电视，想听音乐就听音乐，这个日子是我人生活到五十多岁过去所没有的，所以我太太说我现在做梦都会笑，我想也是有可能的。"

"今天是轻松又愉快"

焦仁和先生出身于一个法律世家，祖父就读于天津法政学堂，后来在山东当律师，小有名气。父亲曾任国民党政府浙江海宁县法院院长、首席检察官，1949 年 1 月奉调到台湾高雄。焦先生自己学的是法律，走出校门后，曾任"陆委会"副主委、海基会秘书长、"侨委会"委员长等职。对于过去从政，如何自我评价？焦先生说："我这个人坦白地说，不是使命感很强烈的人。过去在文化大学、东吴大学教书，前前后后做了二十年，从政对我来讲是一个很偶然的机会。在别人的眼睛里，我的从政之路也许还有人羡慕，其实我对行政工作真的是没有太大的认同感。当初我的仕途很顺利，一开始就到了'总统府'、机要室。但是，我自己总认为行政工作是比较没有生命力的工作，做过去就过去了，所以我还是比较喜欢教育工作，喜欢创业性的工作。过去人们常讲：国家兴亡，匹夫有责。对此我不否认，但也不像有些人那样舍我其谁，似乎非得他来干不可。我一直秉持一种'随缘报国，量力而助'的观点，能够有机会替社会做点贡献是很好的事情，哪怕自己牺牲一点也心甘情愿。但我不会去争取，凭良心讲，过去二十几年在政府工作，没有一件事是我争取来的，我只有推，推不掉的才去做。几乎每个工作都是这样，有缘就做，无缘就算，这一直是我的原则。我在政界工作的时候，也是全心全意地投入的。我对自己的要求很严格，至于说评价，应该由别人去评，但有一点我可以坦率地讲，不论白天回想还是晚上回想，自己所做的事都觉得无愧于心。现在，离开政坛到上海来创业，我的心里真是既轻松又愉快。"

焦先生说，他过去所做的工作，有些是愉快而不轻松，有些是轻松而不愉快，有些则是既不轻松又不愉快。我请焦先生举例说明，他笑了，略一思索，侃侃道出："我对教育工作念念不忘，因为二十七岁我就当了训导长，一做就是三年。为了管理好这些孩子，我常常找他们谈话、聊天，甚至还请学生们吃饭。那时候，跟学生一起活动虽然很累，但心情特别好，这是愉快而不轻松。我在海基会的后半段，大环境如此，在两岸关系上你施展不开，没事干。尽管待遇很高，但是心情不好，这是轻松而不愉快。想到我在'总统府'，那里工作繁重，待遇极低。我本来就讨厌这个文字工作，觉得会说不如会做，所以没有任何感情。加上李登辉又是个大嘴巴，爱讲话。接见客人，一谈就是一两个钟头。我在旁边做记录，晚上还要整理出来，还有许多其他文稿要处理。我觉得这个工作最没有味道，所以是既不轻松又不愉快。"

进展比预想的要好

中年创业，应该是辛苦的。但是，焦先生却说："一年多一路走来，要比我当初预想的好，没有想象的那么困难。当然，现在还只是开始，刚刚有了一点点基础。"

焦先生过去任教，培养了许多律师，但自己却没有做过律师。这次他摆脱公职，由两岸关系专家变为上海投资律师得到了许多朋友、学生的帮助，使他的事业很快进入了正常运作，这一点着实让焦先生感到欣慰。近年来，台湾兴起了一股"上海热"，焦仁和先生精心策划了一个以"前进上海，深入中国"为主题的投资讲座，介绍上海五大行业的创业要领及成功要诀。讲座一张门票 2000 元新台币，相当于人民币 500 元。讲座很受欢迎，有一次，在台湾师范大学只有 200 个席位的讲堂里，却硬是挤进了350 个听讲者。

看到社会的需要，焦先生更加坚定了自己的信心。在焦先生的书房里，贴着一张大幅的上海地图，他经常在地图前沉思。两岸事务对他来说绝对不会陌生，但是上海他总共也只不过来过三次：第一次是汪辜会谈，第二次是"两岸共同基金会"的大陆行，第三次是最近作为台湾辜公亮文教基金会的顾问，随台北新剧团到上海参加艺术节。焦先生说他现在还受到管制，没有完全获得自由。因为台湾当局规定，政务官员即使离职，三年之内到大陆来仍要经过核准。上次，他准备陪萧万长来大陆，台湾当局就没有批准。焦先生叹气道："还有一年半就完全自由了。"

有人称焦先生是台商"抢登上海滩"的向导，他则认为：到大陆来投资，最重要的是正确、充分和必要的资讯。坚持不接两岸诉讼案件的焦仁和说，我的重心放在法律、会计、财务等企业赴大陆投资事宜的规划与咨询上。我在上海的公司叫咨询公司，因为现在大陆还不允许台湾的律师来执业。我们现在所做的基本上就是一些投资顾问工作，不处理实际的诉讼案子。我们期望两岸的关系能够缓和，两岸之间的投资不应是单向的投资，我们也希望大陆的资金、人员能够自由地到台湾去。这样，我们服务的对象除了台湾商人之外，也可以服务大陆商人了，我希望两岸这种形势早日出现。"

凡是中国的东西，我都喜欢

问及个人的爱好，焦先生对我说："我不是一个喜爱活动、应酬、交际的人，所以生活的圈子很小。但是，我认为自己是一个彻彻底底的中国人。凡是中国的东西，中国的文化、诗词、哲学、戏剧，我都很喜欢。我这个人很奇怪，西洋的东西就是喜欢不起来。我在美国、英国都读过书，可是连看那些翻译小说都没有兴趣，没有认同感。这可能是我太主观，但凡中国的东西看起来就很顺眼，所以你到我的办公室里来，看不到奇奇怪怪的西洋画，对那些东西我非常排斥。在我的休闲生活中，最喜欢的要数京剧了。我从小就爱听京剧，初中、高中的时候，人家在听西洋歌曲，我听的是京剧。到了大学，同学们都听歌剧、西洋古典音乐，我仍然听京剧。我与辜老先生十分投缘，可以说都是中华文化的爱好者。在海基会，我担任他的副董事长兼秘书长，辜老先生手上有上百家公司，但是，他一点商人的气息都没有。我们在一起不谈做生意，不会去评论经济如何，景气如何，我们大部分时间谈的是京剧。当辜老穿着长袍马褂唱起京剧时，真是十足的中国风味。在辜老办公室的桌子上，摆的唯一一本书就是《中国京剧两百年》。辜老不仅喜欢京剧，而且也喜欢收集中国的古董，以他的藏品，是可以成立一个博物馆。我喜欢钻研中华艺术，当学生时就从电台里录取资料。现在，把二十二三年前录下来的京剧再听一下，觉得蛮有意思的。"

"两岸的事，还是要商量"

尽管焦仁和已经弃政从商，然而，对于两岸关系的发展和走向，仍然十分关心并持有自己的见解。他认为，两岸之间的事情，还是要坐下来好好地讨论和商量。

针对最近两岸"入世"，焦先生说："虽说都加入了WTO，但两岸经贸的一些本身的问题是否能够解决我都表示怀疑，更不用说文化交流等其他了。我还是希望两岸的领导人都能用更前瞻的眼光，更开阔的心胸去看问题。什么叫伟大的政治家？他与政客的区别就在于他有魄力，能够看到三十年、五十年甚至一百年以后的事情。一个有眼光的人看两岸关系发展，时间我不敢乱讲，两岸是一定要统一的。大家同文同种，休戚与共。谁有这个魄力把两岸推向统一，谁就会得到肯定。

"现在，大陆方面政治、军事、外交、经济的力量都很强大。台湾呢？大环境急剧恶化，失业率激增，台湾人民的痛苦指数快速攀高，还存有恐惧和不安全感。然而，即使这样，在处理两岸的问题上，还是要有包容之心，要调查了解对方，要设身处地地想一想。我上次到上海来，东亚所所长章念弛给了我一本他主编的书——《东亚与世界》。我翻了一翻，发觉大陆有许多学者写的东西真的是很有深度。好几篇文章都谈到中国大陆如在经济、政治、社会这些方面实现了现代化，统一问题就迎刃而解了。我同意这个观点，大陆现代化搞好了，大陆人以做中国人为荣，台湾人也会以做中国人为荣，这个趋势谁也阻挡不了。回过头来说，如果大陆连自己的问题都处理不好，大陆民众都在抱怨的话，对台湾来说，向心力当然会大打折扣。经济与政治是分不开的，我是希望两岸加入 WTO 以后，双方都应改换一个新的心态，把过去的那些冲突和不了解尽快地化解掉。"

在大陆发展，有长期的打算

对于自己在大陆的事业，焦先生说他有长期的打算。除了在上海继续发展外，下一步还希望在北京也能设立这样一个咨询公司。他认为，咨询公司由中国人自己来做比外国人来做要好得多，目前的困难主要是缺乏人才。开展咨询活动，两岸的同仁应该多往来多交流，然而，现在上海的同仁到台湾去还很难。

焦仁和对我说："我三次到上海，看到高楼建设如雨后春笋，据说 18 层楼以上的建筑已有 5000 多座，这种发展速度真是令人敬佩。但是，我总认为更难的是软件的改善、人的教育。过去，我们常谈革命，谈现代化，但把这个问题看得太简单了，好像一夜之间就会有翻天覆地的变化，其实不然，进步和发展也要有自己的特点。根据中国的历史、文化和民族，就要建立中国自己风格的社会教育、文化经贸体系，我希望两岸能够慢慢形成这样一种体系和环境。一个国家，最宝贵的是人才。大陆虽然大，但在国际上还很弱，这就更需要人才。"为了培养谙熟法律的人才，焦仁和先生在复旦大学法律系设立了华冈法学基金，旨在资助经济上有困难的学生，鼓励他们取得优良学绩，成为服务于两岸同胞的有用人才。

临别之际，焦先生深情地说："我希望自己将来成为一个好律师，律师事务所的工作稳定之后，我还想做一些青年和教育工作。"至于困难，焦先生感到，一是海峡两岸的律师真正了解对方情况的太少太少，二是两岸法律界的沟通太少，过去的隔阂使得许多法律上的表述方式都各不相同。然而，法律的条文要求的是精确，面对现状，焦先生说："让我们通过实务和失败来取得经验吧。"

（原载于《两岸关系》2002 年第 3 期）

风雨"百乐门"
——访"百乐门"总经理陈金源

葛凤章

提起"百乐门","老上海"都会津津乐道。20 世纪三四十年代，那是上海滩最有名的舞厅，在文人墨客的笔下，已经成为上海十里洋场的代名词。而今，沉寂多年的"百乐门"又名声鹊起，重新红火起来。我怀着探奇的心情，访问了当今的新"掌柜"——陈金源先生。

曾经沧桑 70 年

我和陈金源总经理称得上是老朋友了，前些年他在淮海路上管理和经营"蓝带娱乐城"时，我们就经常来往。陈先生是台北人，据说他曾经查过家谱，祖上是 260 多年前从福建泉州迁徙去台湾的。别看他今年还不满 40 岁，然而他从事餐饮娱乐业已经 10 多年了。他告诉我："12 月 15 日，正好是'百乐门'开业 70 周年。在这 70 年里，变化真是太大了。在 20 世纪三四十年代时，'百乐门'是沪上达官显贵的销金窟。台湾作家白先勇写的小说《金大班的最后一夜》，描写的就是当年'百乐门'灯红酒绿、纸醉金迷、有钱人为了红舞女而争风吃醋的情景。1951年，'百乐门'由舞厅改为戏院。1954年，'百乐门戏院'又改名为'红都影剧院'。因此，年纪轻一点的上海人对'百乐门'已经很陌生、很淡漠了。直到2001年，我们才接手恢复了'百乐门'舞厅。"

对于"百乐门"从舞厅改为影剧院，又从影剧院改回舞厅，陈先生认为，这其中的意义绝不是单纯的经营项目变更，而是体现了上海改革开放的深入和思想领域的解放。他说："'百乐门'不仅在上海有名，在海外也很有名。2001年，我们准备投资经营，和静安区政府一商量，立即得到了支持。"经过半年多时间的设计与装修，2002年1月19日，"百乐门"舞厅重新营业，"百乐门"这个销声匿迹半个世纪的名字，又伴随着悦耳动听的舞曲，传到人们的耳边。

今非昔比话异同

如果你现在到"百乐门"，一进门就会受到彬彬有礼的服务。一楼的门厅两侧，各有一辆黄包车，北方人叫洋车。50多年前，正是靠了这种人力车，载来送走了一批又一批有钱的富翁和舞女，繁荣了一个又一个"百乐门"之夜。沿着楼梯拾级而上，使人觉得这里的布置格调高雅，富丽辉煌，反映老上海风情的旧照片，体现欧美风格的舞姿油画，加上别具匠心的设计和精工细作的装潢，使整个舞厅显得端庄华贵。

我问陈先生，现在的"百乐门"是不是完全按过去的样子复旧？他笑着回答说："今天的'百乐门'虽然也是舞厅，但是，随着时代的变迁，绝对不是当年的翻版，恢复并不等同于复旧。'百乐门'当年是上海滩装饰最豪华、陈设最考究的舞厅，最让老舞客称道的是它那上下两层的舞池，舞池铺有当时罕见的弹簧地板和玻璃地板。

"跳吉特巴这样的快节奏舞步时，脚下会感觉出神奇的震动，和着你的舞步上下颤悠，真有点让人飘飘欲仙。如今，时代进步了几十年，所以，我们装修就不能输给当年。特别是这里被改成影剧院后，许多地方已经被拆得面目全非了。记得 11 年前，我刚到上海，因为在台湾一直听'老上海'谈起'百乐门'，就迫不及待来看。但是，当时看到后感到很失望，没有想到当年叱咤风云的地方竟然如此凋零。现在，经过重新修整，二楼、三楼仍是交谊舞厅，格局基本维持原来的，建筑的设计上也保持了当年最流行的美国纽约的风格。四楼是新加出来的，主要是西餐厅，也有一个舞台。许多朋友来看了以后，都认为还不错。"

说话间天色已晚，陈先生热情邀请我在西餐厅用餐，说是让我亲身体验一下这里的氛围。牛排、烤虾、色拉、西点、红酒、面包……就在我们品尝美味的同时，舞台上传来了熟悉而又动听的歌曲，《夜来香》、《香格里拉》、《采槟榔》、《玫瑰玫瑰我爱你》……"夜上海，夜上海，你是一个不夜城，华灯起，车声响，歌舞升平……"女歌手婉转的歌喉，使与座者感受到了生活的愉悦和时光的美好。在唱歌的间隙，吧台上的调酒师也来了一段"吧台秀"。看，小伙子用那近似杂技难度的动作，夸张敏捷地为来客调酒，博得了客人们的阵阵喝彩。

陈先生告诉我，"'百乐门'已经是今非昔比了。过去，这里是富商达官们炫耀身价的地方，如今，这里成了上海市民娱乐休闲的场所，倡导的是健康向上的社交文化。比如说，上海许多老年人喜欢跳舞，我们舞厅每天下午就专门为他们开放，提供良好的服务，但是只收非常低廉的入场费。四楼的西餐厅，包间和点菜的档次比较高，价格稍贵一点。考虑到市民的需要和为大众服务，我们还推出了自助西餐，每位客人只要花一百多元人民币，同样可以享受到这里一流的就餐环境和舒适周到的服务。"

寻找的是一种感觉

上海的"百乐门"重新开业了，这在年轻一代眼里也许没有多大稀奇，然而，对于离开黄浦江几十年的海外"老上海"来说，却是一条喜出望外的好消息，因为这里曾经有过他们当年太多的回忆。许多人到了上海以后，一定要到"百乐门"去坐一坐，喝杯咖啡，吃顿晚餐，听支歌曲……他们回到这里，为的是寻找一种感觉，寻找一个过去的梦。

陈先生告诉说，前不久，他接待过一对八旬高龄的夫妇，他们听说上海的"百乐门"又恢复了，便在儿子、女婿的陪同下特地从香港回到上海，专门到"百乐门"来庆祝结婚 60 周年。60 年前，他们就是在"百乐门"举行的婚礼。那时候，新郎 21 岁，新娘刚 20 岁。老夫妻看到当年"百乐门"的风韵犹存，不禁抚今追昔，感慨万千。

在陈先生的经理室里，有一个镜框，里面镶着陈香梅女士的一幅手书，"风华再临百乐门，情怀旧梦是申江。陈香梅 2002年秋 9 月有 15 日"。陈先生指着一张照片说："这是陈香梅女士这次来拍的。她来这里后，很高兴，不仅要在这里用餐，还要跳舞，她说她当年是经常到'百乐门'来的。故地重游，格外亲切。"是啊，俗话说得好，触景生情。陈香梅怎么能忘记，56 年前，芳龄 22 岁的她是中央通讯社的记者。正是那年圣诞节的前夜，她与比她大 31 岁的美国第十四航空队司令官陈纳德在上海热恋了，而且就是在"百乐门"订的婚。如今回忆起来，往事真是如梦如烟……

风雨"百乐门"，有的来寻旧梦，也有的来结新缘。陈先生高兴地说，随着"百乐门"开张的消息不胫而走，许多海内外的宾客慕名而来。最近一段时间，有两位分别来自印尼和台湾的老人，只要他们在上海，每个星期都会到我们"百乐门"来喝茶、听歌。现在，许多单位，特别是驻沪领馆、外国企业，都喜欢在这里包桌包场举行活动。一些国际性的大型会议，怕晚了定不到位子，提前半年多就来预约。陈先生还告诉说："2002 年的圣诞节，我们推出了'时光倒转'节目，给了来宾们一个大惊喜。这一天，'百乐门'的一切都模仿 70 年前上海的样子，工作人员要理当年上海滩时兴的发型，穿当时流行的服饰，我们还请了七位当年曾在'百乐门'演奏爵士乐的老年爵士乐手演出当年最流行的乐曲。这天晚上，歌手们都要唱当年客人最喜欢点的歌。那天，客人们都是争先恐后地来定座的！"

对于"百乐门"的发展前景，陈先生充满信心，他说："虽然我出生于台湾，但是我很喜欢上海。今天我有幸成为第一个参与管理'百乐门'的台湾人，深知自己所负的社会责任。许多客人来到'百乐门'以后，一再感谢我们恢复了'百乐门'，因为大家认为这恢复的绝不是一个普通的娱乐场所。通过'百乐门'

的风雨经历和今天的复原，可以唤起人们的许多联想。自然而然的，今昔比较使人们领略到了上海的进步与发展。因此，可以说，今天的'百乐门'是上海历史变迁的见证。"

（原载于《两岸关系》2003 年第 2 期）

沪上"永和豆浆"缘何换招牌?

——访上海喜年来餐饮公司总经理邱耀辉

葛凤章

在上海,乃至华东一带,"永和豆浆"曾经风靡一时,独领快餐业之风骚。据笔者了解,最早到上海来创办"永和豆浆"快餐店的,就是台商邱耀辉先生。可是不久前,已经成名的'永和豆浆'店招牌改成了'喜年豆浆',颇让人感到突然。

邱先生的公司总部坐落在上海西部的吴中路上,笔者前往采访时,开门见山地提出了为什么换招牌的问题。他笑了一下说:"我料到你一定会问这个问题。其实,许多人也想知道我改店名背后的内幕。今天,我就把这内中的原委原原本本地告诉你。"

赌眼光　瞄准大众快餐

来上海投资前,邱先生了解到上海人喜爱吃大饼、油条、糍饭和豆浆,人们称之为"四大金刚"。他是怎么知道这个信息的呢?台湾的台北县有个地方叫永和,那里是大陆老兵集居的地方。老兵们想吃家乡的油条和豆浆,于是就自己动手开起店来。

没想到这种连店招都没有的店一开就很成功，最兴旺的时候，永和这个小小的弹丸之地，竟然拥有七八家豆浆店。就这样，在台湾人们讲到豆浆就会想起永和，到了永和就会去喝豆浆，永和与豆浆结下了不解之缘。

受到老兵开店的启发，1995年，邱先生盘下一家物业，里里外外的装修也全部完工，他准备一心一意发展"永和豆浆"。既然开店，总得有个商标，邱先生说，当时考虑自己对大陆的商标注册法不熟悉，又想到自己办的是台资企业，于是决定干脆通过台湾商标代理机构注册一个台湾现成的商标。那年，他回到台湾，在彰化县北斗找到了"永和豆浆"的原注册方并签了大陆的代理权，签约时间是1995年，契约有效期为5年。

经过两三年的实践，邱先生掌握了在上海经营餐饮业的一些基本要领。谈到这一段经历，邱先生感到十分心酸，他回忆道："我在上海创始'永和豆浆'以后，生意很好，经过5年时间的发展，加盟店已经有了几十家。"

没经验　痛失永和招牌

没想到，就在他准备扩展事业的时候，厄运在悄悄来临。与邱先生签商标合约的那家公司，在台湾是做工业商品的，根本不做餐饮业。然而，就在合同快要到期的时候，他们对邱先生说也要到上海来开餐饮店。结果他们来了以后，店名不变，经营项目和范围不变，做法完全模仿。邱先生说："这样一来，我这几年的心血等于全部被他们接管了，'永和豆浆'反倒成了他们的金字招牌。回想这段吃亏的经历，又能怪谁呢？一怪我自己对商标的重要性缺乏认识，二怪我未曾事先做任何商业保护措施，这是一个惨痛的经验。"

2001 年，他终止了与原先那家的商标代理合同，重新注册了一个名为"喜年来"的商标。

邱先生告诉我："这次我吸取了上次的教训，干脆花大价钱买断，省得以后节外生枝。我选中'喜年来'这个名字，是因为它意味着我们中国人的日子喜庆与欢乐。"

从那以后，上海的许多"永和豆浆"逐渐转变成了"喜年来"。我敢断言，如果不是我在这里披露当年的"内幕"，也许至今人们也不会知道邱老板改店名的原委。

店名是一个符号，这个符号加上软硬件建设就成了品牌。邱先生经常告诫员工，一个好的品牌，是要花心血去塑造的。麦当劳、必胜客这些知名品牌，在全球有几万家连锁店，这些成绩是来之不易的。

找定位　弘扬饮食文化

为了适应上海市民的消费要求，邱先生把自己经营的快餐店定位为"都市型，休闲性"。为了达到顾客满意的效果，他精心设计和布置店里的一切。为了增加餐饮的品种，他走到哪里学到哪里，四川、广东、福建……只要听说哪里的小吃有特色，哪里就会有邱先生的身影。上海南翔的小笼包很有名，他去看了以后，回来就开始研究，请名厨教。通过改革馅料的配方，改善小笼包的口味。现在，"喜年来"的小笼包也有了自己的名气。店里供应的点心也是中西合璧，品种繁多，生意兴隆。

邱先生在管理企业的同时也十分注意研究餐饮文化，他告诉我："餐饮文化除了满足顾客的生理需求，还要满足顾客的精神需求。像'皇城老妈'火锅城，它不但拥有四川成都成功经营火锅的经验，而且在装修格调等方面处处体现文化格调。到这里来吃火锅，也非千篇一律，有高档次的，也有大众化的，有大厅也有包间，有官宴大餐，也有农家小菜……像这样规模的火锅城，在世界其他地方都难得看见。台商来开的'海霸王'为什么生存不下去？他们进入上海市场太晚，只赶上了一个尾声，消费者的需求已经从量转变到质。根据这些基本原理，我的餐馆就定位在点心小吃，因为这些都是民生的基本需要。我们的价格政策是平价路线，但是，卖得便宜并不是可以马虎。上海原来有不少有名气的点心店，由于没有进化，工作人员的积极性和服务质量不高，在民众的心目中的地位越来越低了。"

善创新　才能站稳市场

为了提高质量降低成本，邱先生逐步推行"中厨"物流的方法，减少门店的加工量。他说："搞餐饮，到一定时间就会走下坡路，这几乎是一个规律。要想不被淘汰，只有不断创新。为了这个'新'字，我的手里始终保持有二三十个新品种，不断地补充和更换。就拿'马大嫂'火锅来说吧，一开张时，人们感到新鲜，门庭若市。后来，这类自助火锅多了，人们追求的就不再是吃饱，而是吃好了，这是从量的需求发展到了质的需求。"

邱先生对上海餐饮业的情况十分了解也十分关注，他认为："上海这几年进步很快，就说'新天地'休闲区吧，那里汇集了中西方的文化，典型的中国式建筑和欧洲风味的餐饮和谐地结合在一起，这种进步，已经比台北更先进。这几年在上海发展，我悟出一个道理，做什么事，条件不具备你走得太快就会失败。然而，如果环境条件成熟，你不与时俱进，就会被淘汰。"

（原载于《两岸关系》2003 年第 5 期）

退步原来是向前
——访上海大千食品公司总经理黄海伯

葛凤章

上海徐家汇大千美食林的老板黄海伯在激烈的餐饮大战中出手了"大千美食林",之后,一直杳无音讯。在台商圈中,有的说他破产了,不愿见熟人;有的说他负债太多,到外地去"避风头"了……那么,这3年黄海伯到底在干什么呢?

一个天高气爽的日子,我在上海西郊青浦朱家角的"大千庄园"里见到了久违了的黄海伯,只见他依然为人豪爽,干练果断的处事风格不减当年。我一边参观他的庄园,一边询问他的近况。听说外面有这么多"传说",海伯笑了,说看来还真有不少人关心他。我们在碧波荡漾的湖畔聊了起来……

"退步原来是向前"

黄海伯的大千美食林从1992年开业以后,在上海徐家汇一带掀起了一波波美食浪潮,赢得了许多顾客的好评。但是,物换星移,随着徐家汇商圈的逐步形成,周边环境发生了很大的变化，餐饮业的竞争日趋激烈，黄海伯想到了"转型"。

提起这次"撤退"，海伯显得坦然自若，他说："大千美食林开了9年，赢多少利我认为不是主要的收获。对我而言，这些年里在上海熟悉了投资环境，掌握了有关政策，交了不少朋友，对徐家汇商圈的形成也出了一份力，这是我最大的收获和荣耀。另外，这次开饭店的经验，对我将来的事业会有很大的帮助。"

我问为什么一定要采取关门这种形式来面对竞争？他嘿嘿一笑，吟布袋和尚的插秧诗来说明当时的心境："手把青秧插野田，低头便见水中天。六根清净方为道，退步原来是向前。"

分析当时选择歇业的决策，黄海伯说："过去，台商来到大陆，优势在于见识广，有前瞻性，比如我做餐饮，就能将世界新潮餐饮引进来，推动上海的消费市场，但缺点是本土性不够。现在，我经过在上海的10年摔打，已经认识了上海的市场以及隐性的风土人情，我再做什么决策，就会充分考虑到如何使我们的项目本土化。"

再创业，发展生态农业

自从淡出徐家汇之后，黄海伯"闭门谢客"，他解释说："其实这3年除了去江西发展生态农业之外，我基本没有离开上海。有人以为我从此退出江湖了，甚至还有人断言我是躲债。其实，经过这3年的运作，我们已经从一个单纯的餐饮企业转变成了一个以餐饮为主、多元化经营的综合型企业集团。"

在江西的赣江流域，黄海伯投入了1000万美金，种植了13万亩意大利速生杨，获得了50年经营权。经过一年多的科学管理，林区生机勃勃。这种杨树 6～8 年后就可以采伐，混身是宝。树干可制胶合板，树枝可用做造纸原料。他介绍说："选择在赣江两岸造林是为了便于运输，将来采伐的木材顺流而下，可以免费运到了下游某个地方，那里会有我们开设的加工厂。大面积的植林活动对于改善当地的生态环境和提高贫困地区民众的收入都有好处，应该说这是一个利国利民的事业。"

除了植林之外，大千集团还斥资 800 万美金在江西吉安和泰和两县辟建了一个年产 6 万头牛的优质肉牛基地，他解释道："我在那里收购了很多国营的牛场，放养了 6 万头优质肉牛。当地人养一头牛国家补贴 300 元还要亏本，他们把牛卖给我，我不要国家一分钱补贴，还可以赚钱，内中原因是我搞规模化经营。当地玉米秆、甘蔗梢之类的农作物下脚料取之不尽，经处理后就是很好的牛饲料。此外我还放养了 1 万只种鹅，鹅肝制成鹅肝酱出口可是好东西。我把造林、养牛、种草、育肥、加工、出口形成一个农业生态链，发展无公害农产品、绿色食品和有机食品。方才说的这些项目都是我独资的，没有要一分钱贷款。"

黄海伯将当地母牛改良成杂交优质的肉牛并发展成种群，进而建成具有优良品牌的生态优质肥牛场，他说："最近几年，国际市场上的肉牛销售价格稳中有升，而大陆的肉牛由于耕作的原因，肉质比较粗糙，价格上一直不具优势。同时，大陆的牛肉消费还有极大空间，目前仅为世界人均消费水平的四分之一。我养牛，是希望'大千'的牛能为提高中国肉牛的品质和引导科学消费做点事情。"

说到养牛，海伯还给我讲了这么一个故事：他经营的林区附近，许多农民也养牛。这些牛经常来啃小树的枝叶，怎么管也解决不了问题。后来他灵机一动，向附近的乡亲们宣布，林地内的空地可以免费套种花生、赤豆等作物，这些作物大千集团都承诺收购。于是，农民纷纷来种地挣钱，把牛管得牢牢的，再也不会毁林毁地了。海伯笑着说："发挥农民的积极性，他管好自己的牛又挣了钱。我呢，林木得到了保护，农民种的作物正是我们大千月饼的原料。自己生产原料，发展自己的供货基地，不仅质量得到保证，而且可以成为新的经济增长点。"

建设自然生态型度假区

在上海这个"大本营"，海伯也有新的"大手笔"。他在青浦朱家角营建了一个自然生态型的都市休闲度假区，名为"大千庄园"。庄园的一期建设陆地面积为 200 亩，还有自然湿地 50 亩，每天有上千只鹭鸶飞到这个庄园来觅食和栖息。庄园的第二期建设将再扩大 600 亩，其中水面为 400 亩。按照规划，这个休闲型的生态庄园将建成集旅游、休闲、度假、美食、探险、科普活动为一体的生态度假园区。在这里，游客将最大限度地融入大自然中，野外烧烤、骑马、垂钓、划船任凭选择。

为了充分体现自然的生态环境，园区内还将引进天鹅、大雁、灰鹤、锦鸡、鹈鹕、斑头雁、白唇鹿、马鹿、蒙古马、黄羊、狍子等野生动物。海伯告诉我，上海市经过批准许可养野生动物的，除了上海动物园和南汇野生动物园以外，就是大千庄园了。他表示一定不会辜负政府有关管理部门的支持与信任，庄园要在为游客服务的同时，努力为野生动物的研究和保护提供良好的条件。

通过 10 多年的奋斗，他除了投资江西生态农业和上海大千庄园以外，还经营食品业和餐饮业。黄海伯始终显得很自信，他说："这样，我们就形成了一个从种树、养殖到食品加工、连锁销售全部串联起来的生态链，你看我是不是雄心勃勃呀？"

（原载于《两岸关系》2003 年第 6 期）

从"保险大王"到创办《移居上海》

——访国泰寰宇财经企业顾问公司董事长梅汝彪

葛凤章

梅汝彪，1951 年 1 月生于台北，属虎。台湾首届成功企业经理人，曾任台湾第一大企业国泰大台北区营业部部长，国泰人寿大陆市场发展负责人，薪水很高，待遇不错。

这就看出本文主人公的能耐，那么，他为什么早在 8 年前就向公司提出辞呈，要到上海来创业呢？

上海，台湾人的热门话题

梅先生不愧为保险推销的行家，他思路敏捷，话锋甚健。不用我发问，采访就自然而然地开始了，他说："很多台商朋友都感受到大陆，特别是上海和沿海地区，精神环境越来越宽松。早期我们看中央电视台的节目和报纸杂志，觉得比较八股。现在，我们感觉看大陆的报纸和电视节目好像比看台湾的更有趣，内容更丰富。这个感觉是明显的，而且不是我一个人的认为。台湾人为什么会涌到大陆来，到上海来？主要是这边的进步与发展。"

梅先生十分重视信息，他告诉我："昨天我在网上看一个叫'博克来'的台湾网络书店，查出介绍上海的书有 187 本。我记得两三年前台湾介绍上海的畅销书只有陈彬写的，当时掀起了一股'上海热'。陈彬写书谈有关在上海创业、投资环境的时候，台湾书市谈论上海的书真是寥寥无几，所以陈彬的书看起来就很新鲜，很有吸引力。然而，现在我粗粗一查，就有这么多，这就说明了一个现象、一种趋势——台湾人都在关注上海，聚焦上海。现在，台湾的电视台不播映有关上海的节目，报纸、杂志不开辟专栏来谈论上海，那么你就好像少了点什么。每当我回台湾，只要和朋友在一起聊天，大家谈的话题主要都是上海。台湾人对上海的发展进步速度觉得很惊奇，因为过去两岸对峙的时候，台湾对大陆各方面的报道负面比较多，所以大家对上海根深蒂固的印象就是没有什么发展。但是，自从 1987 年 11 月 2 日上海迎来了第一批从台湾来的探亲同胞以后，台湾人陆陆续续来到上海，特别是他们赶上了上海开始起飞的这个阶段。那时候到上海来投资的台湾人基本上都是做小生意，他们在台湾没有什么雄厚的实力，在台湾争夺不到发展空间，他们一换环境，在上海闯出了一片天地。他们回台湾一吹他们那令人羡慕的利润，更多的台湾人被吹到了上海来。"

"我是半个上海人"

梅先生告诉我："追溯家庭历史，我是半个上海人。我的父母亲是老上海了，他们是 1949 年离开上海的。我父亲在上海待了 20 多年，他在上海读大学，在上海工作。可以说，父亲的黄金岁月都是在上海度过的。"

梅先生的上海情结显然与父辈的经历有关，在台湾家里，双亲经常议论上海，介绍中华五千年优秀文化。老蒋在世的时候就想回大陆，所以那个时期台湾学校的教育、教材都是以中国为主体的，连台北的街道名称都和上海一样，都是用各省、市的名称，像西藏路啊等等。20世纪三四十年代，上海曾经是远东最大的都市，在中国可以说是一枝独秀，是最进步最繁荣的地方。梅先生的父辈因从30年代到50年代初在上海生活，对上海怀有美好的感觉，在家里经常讲起上海最繁华岁月的故事。梅先生听多了，也深深感受到了上海的魅力，心里产生一种向往。

靠奋斗成为"保险大王"

梅汝彪毕业于台北中国文化大学，1976年踏入台湾国泰人寿保险公司。那个年代，大学本科生做保险推销的真是凤毛麟角，因为这个行业即使在台湾当时也是一个新的行业，富有挑战性，难度也很高。

他从最基层的业务员做起。谈及这段"推销人生"，梅先生至今十分感慨，"以我一个外省人的背景，严格来讲是没有条件从事保险营销这个工作的。因为保险就是要靠人脉，你的亲戚朋友多，你就比较好起步，好发展，外省人发展的空间相对就比较小。'国泰'是一个非常本土的保险公司，在这个企业里，不管是3千人的业务大会也好，还是最高层的主管汇报也好，全部都讲闽南话。因为我们老董事长蔡万霖先生对闽南话比较习惯，大家为了配合他，适应他，整个公司变成一个闽南语文化，我这个外省人在那样的环境下等于说是一个异类。但我很要强，定下的目标，不管多难，我都会千方百计去实现。那时候，营销额是考核我们的唯一指标，我对自己的要求就是‘只要第一，不要第二’。”

就是凭着这种追求的意念和拼搏的精神，梅先生练就了演讲的好口才，练就了快速与陌生人打交道的本领。就拿发名片来说，他把自己的名片设计得很“复杂”，上面有照片，各种关于他的信息密密麻麻。他说这是为了让别人了解他，是推销自己。既然是推销，仅仅一次是不够的，所以下次相见时名片还要发，直到对方记住你为止。

台湾的保险业早在20世纪80年代就有外资企业进入，到了90年代竞争已经非常激烈，有35家保险企业在争夺市场。国泰人寿始终是台湾最大的公司，有一百多个营业处，公司用考察业绩的方法激励各处之间的竞争。梅汝彪通过短短几年的努力，不仅坐上了国泰人寿保险国丰营业处经理的位子，而且带领自己的团队连续55个月不间断地超越责任指标，连续3届蝉联经营效率马拉松冠军，一跃成为公司所有营业处的“老大”，人们称他为“保险大王”。

不过，梅先生的这个“封号”得来不易，真是用血汗换来的，“以我个人感觉，人生如戏。如何让别人跟着你一起演好这场戏？你要在他心中燃起一把火。当时大家虽然拼命刷新公司的纪录，但是没有达到我所要求的目标。我当时鼓动说，如果我们达到了这个历史最高的目标，可以说是达到了人类做保险的极限。我去买一块大石头，把这个纪录和大家的名字刻上去，然后扔进日月潭。五百年、一千年之后，沧海变桑田，后代把这块石头挖出来的时候，我们每一个人都成了历史人物。有一次在 500 人的顾问大会上，我发表挑战宣言，一时兴起，叫下面拿个刀子过来。我手下的干部不知道我要干什么，拿来了带锈斑的美工刀。我拿刀以后，一刀划开手指，大家吓一跳。我要写血书，写了一半，血凝了，写不出来了。在众目睽睽之下，我又对自己狠狠地划了一刀，这一刀我划得更深，我怕写了一半又写不下去。哗，全场很多人看着都哭起来了，我坚持把目标写完。这一次挑战，我和同仁们创下了 64000 万台币的保单额，再一次创造了'国泰'的新纪录。事后回忆，我觉得值得自豪的是第二刀，第一刀是冲动，第二刀需要勇气。"

梅先生经常说人生如戏，既然演出，就要演得精彩，要赢得掌声，因此，他始终追求扮演夺人眼球的角色。

因"奖励"初到上海

保险这个行业经常设置各种奖励办法和激励措施，鼓励营销人员创造更优秀的业绩。"国泰"也不例外，经常安排绩优干部外出旅游。两岸对峙时，谁也不会想到大陆去，两岸开放探亲以后，梅汝彪马上想到借这个机会到祖国大陆来。1989 年，他就组织了一个 120 人的团体，其中还有一位特殊的"营销人员"，就是他父亲。那次旅游第一站是北京，然后到了上海。

回忆当时，梅先生说："我一下飞机，双膝跪下，亲吻土地，这一刻是我朝思暮想几十年的。那时大陆刚刚开始发展，经济还不发达。那时我把哈尔滨的姑妈接到北京，我爸爸他们兄妹都几十年没有见面了，我想请他们吃个饭，可是想找一个像现在这样服务很周到的餐馆还不太容易。不过，我们感情上已经得到了极大的满足，看到了故宫、长城，看到了祖国的山河，同仁们都非常兴奋。那次我带来的营销干部99%都是本省的，其实不管是本省的外省的，大家对大陆都有一种说不出来的情感。后来到了上海，我陪父亲到处走走看看，上海对他来说太熟了。我们父子两人走到黄浦江边的外滩，我印象很深，那时候外滩还是铁链条连着一个个柱子，还没有现在这样的平台。我们父子俩站在江边望着浦东，浦东那时候基本上还没有建设。我爸爸感叹道，上海40年没变！他在上海大转一圈后，更觉得40年没变。从这以后，我每年都组团到大陆各地参观旅游，一有机会就到上海，我一直都感觉上海好像就是我的家。"

梅先生说，他对上海真正产生情感飞跃是在1992年邓小平南巡以后。上海开始开发浦东，开始大展鸿图。到1995年，我真有点按捺不住了，我感到上海是块热土，如果不到这里有所作为，真是太可惜了。我那时就常常跟太太沟通，我太太虽然也是上海人，可她一直在台湾照顾孩子，没有来过上海，对上海的了解比较有限。她比较看重眼前利益，当时她也是"国泰"一个分公司的经理。她觉得上海生活环境等方面还没有达到一定水平，所以基本上没有到大陆来发展或定居的想法。我呢，因为来的机会太多，每年都有三四次，亲身感受到上海那种变化和进步的神速，所以我常常跟一些朋友讲，台湾人看大陆有几种情况：一种人是从来没到过，仍然受一些过去隔绝期间的宣传影响，对大陆抱着一种怀疑的战战兢兢的态度；第二种人是早期开放的时候跟旅行团过来，虽然觉得名胜古迹不错，但认为生活条件与台湾还有差距；第三种人是我们这些经常来的，对大陆的变化发展有了比较中肯的认识。第一种人的情况可以理解，第二种人的偏见比较麻烦。有的台湾人一讲大陆就说很落后，女人上厕所一定要带伞，因为大陆的厕所没有门。我很希望讲这话的人再来看看，大陆哪个厕所没有门？据我了解，台湾人真正领过台胞证到过大陆的到去年为止才380万，占台湾总人口的比例只有六分之一。虽然两岸之间来往很方便，但真正有机会到大陆旅游的还是很少。我过去带的"国泰"团队，可以说绝大多数都没有来过大陆，包括很多年轻人，他们工作不允许请这么长时间的假。来大陆最多的就是当老师的了，他们有寒暑假。一般在机关、公司里做事的，你要向老板请一个多礼拜的假，老板的脸色就很难看了。所以，每当我组织到大陆来考察，大家都踊跃报名，能有这样一个机会，他们高兴得不得了。这些人来了以后，感到很惊讶，很震撼，感到跟想象的完全不一样。今天的上海、深圳，摩天大楼林立，完全是一个摩登的国际都市。这下他们倒有挫折感了，以前认为台湾很进步很繁荣，来了才知道是"小巫见大巫"。

毅然提交辞呈

应该说，梅汝彪在台湾的保险行业里做得相当不错，从业务员升到经理，升到大台北区的负责人，他在"国泰"人寿的晋升速度也是创纪录的，最快的。公司给他们夫妇俩的待遇非常不错，还享受"国泰"配发股票。"国泰"的股票最好的时候，每一股将近台币2000元。那时拥有一张"国泰"股票就可以买一部奔驰轿车，而"国泰"一次就发给他七八张。有那么好的福利待遇，再加上上司对他的赏识，使梅先生对公司十分留恋，说不出一个"不"字。但是往返大陆的次数越多，他对大陆的情感越深，对大陆的发展信心越强，又促使他要说出这个"不"字，这个选择对于梅妆彪来说实在太难了。

在梅先生的个性里，找不到优柔寡断，他还是毅然决然地做出了抉择。回首当时，他说："因为我是搞市场信息的，我一直在做营销，做营销最关注的是市场的变动，我对这个变动很敏感。我从收集的数据分析中得出结论，大陆经济将有很大的发展，我对大陆未来的走向非常有信心，总觉得要发展就要到大陆来。虽然在'国泰'我已经做到了业务系统的最高职务，我们'国泰'的两位董事长——名誉董事长蔡万霖先生和他的儿子蔡宏图先生对我和我太太也非常器重，因为我太太所负责的营销单位也长期是'冠军'。实在讲，在情感上，'国泰'是我踏入社会的第一份工作，也是唯一的工作。我在'国泰'一帆风顺，在台湾被人称作'保险大王'。我还经常在全省演讲，一年有时做上百场演讲，推广经验。按理说，我在这个工作岗位上继续做下去，是一件很快乐的事情，因为你在那里已经享受了荣誉，别人也肯定你的价值，一切驾轻就熟，没有理由就要离开，别人都觉得不可思议。但是，1995 年 7 月，我还是给'国泰'人寿丢下了一个'重磅炸弹'，我递出了辞呈。我的此举经过了大半年的考虑，我要说服我太太，因为我们俩在同一个公司里，都是高待遇，夫妻俩的年收入要超过 100 万元人民币。"

一拖就是六年

但是，梅先生的辞呈并没有如愿，为什么呢？梅先生介绍说："我当时是大台北区的负责人。我们那时全省分为几个大区，大台北区是最主要的一块，是占整个公司业务比重最重的一块。我的离开使太太一个人在那里工作变得孤单，这就使她也考虑要离开。这个变动，可以说是人生的一场豪赌。我的抉择，只是基于一种对祖国的特殊情感，基于我对市场和现实的观察。看到了大陆的发展契机，我当时就想到大陆来。到底到大陆来干什么？凭良心讲我也没想好，只是觉得我在保险这种挑战性最高的行业里都能够打出一片天地来，凭我的热情、干劲、努力和经验，我很自信可以在大陆找到自己的舞台。当时就是这样一个朦朦胧胧的想法，现在回想起来，那时候好像着了魔一样，我就是想大陆。经过很长时间的挣扎与考虑，终于递了辞呈。"

梅汝彪的这一举动对"国泰"的震撼很大，梅先生说："为了我的事，老板和常务副董事长专门找我。老板曾经是世界第 6 大富翁，他亲自来问我辞职的原因，我就向他表达了我的心意。第二次，他又找我，挽留我。后来，我又留了下来，到新成立的大陆市场发展室工作，为'国泰'前进大陆做准备。但由于李登辉的'戒急用忍'政策，'国泰'投资大陆的脚步明显放缓了。尽管我还是很努力地在大陆跟保险同业之间建立合作关系，做了很多的工作，没有想到一拖就拖掉了 6 年时间。"

举家迁移上海

回忆与"国泰"合作开发大陆的 6 年，梅先生感到违背了自己的初衷，很可惜，他说："6 年的时间，虽然成立了几个代表处，包括香港、北京、成都、上海等，最终却没有一个实质的投资行动，对我来讲，是很大的挫折和遗憾。我认为，以'国泰'这个当时台湾第一大企业集团的人才和资金实力来说，如果要到大陆来发展的话，机会很多，不仅是保险，其他各种产业都可以进入。以大陆当时的情况，非常欢迎像'国泰'这样的企业集团进入大陆，然而'戒急用忍'使这个集团失去了许多宝贵的机会。我现在都已经过 50 岁了，越来越感觉到岁月不饶人了。5 年前我认为自己是少当益壮，而现在却是老当益壮了。我觉得即使有一天'国泰'还有机会进来，可能这个机会也只适合年轻人去做了，所以，我在为'国泰'服务刚满 25 年的时候就提出了退休。"

在台湾有这样一个制度，职员在一个企业里服务满 25 年就可以退休，公司付给一次性酬劳。梅汝彪的太太服务也满了 25 年，他们夫妇俩一起办了退休手续，举家迁移到上海来了。

现在，梅先生的家安在上海南区的一个花园别墅里，别墅周围环境幽雅，物业管理井然，室内布置独具匠心。我是这幢二层小楼的常客，最感兴趣的是梅先生二楼和三层阁楼的书房。

梅先生从台湾搬家到上海时，别的什么家具都没有带来，唯一兴师动众带来的是一万多册书。梅先生喜欢书，多年积累了许多很有价值的书。临搬家时，他把一部分捐给了多年服务的"国泰"，把精挑细选舍不得放下的那些书花了 35000 元人民币托运到上海。有人对他说，这些运费在上海都可以买到许多书了。但是，梅先生认为这个钱花得值，他说好书是无价之宝，他对书的需要，就像人需要呼吸一样重要。

梅先生的书虽然很多，但是从书架设计到摆放都经过精心的设计和构思，因此十分科学和雅观。他二楼书房里的书橱是前后两层落地式的，底下铺有滑轨，既可以随意移动书橱改变位置找到所需的书籍，又节省空间大大增加了藏书量。三层阁楼完全是一个书的世界，登上阁楼，你会感到前后左右都是书，阁楼中间还有一块可供五六位书友畅叙交流的"读书园地"。

创办《移居上海》杂志

梅汝彪迁居上海的时候，在台北注册了一个咨询顾问公司。因为他觉得自己经验丰富，人脉广泛，可以先从这方面起步。至于说要做什么实体的事业，还是要看机会。当时，刚好大陆的保险公司基于发展的需要，开始到台湾去网罗人才，他就当起了这方面的牵线"红娘"。大陆的保险公司起步晚，但发展非常快。可是，连续降息以后，大陆的保险行业也开始受到冲击，队伍开始不稳。大陆的保险公司感受到了人才的重要性，开始到台湾去找人才。梅先生的强项就是保险业务的培训和咨询，在与同仁们交流中，大家认为可以办一个繁体的中文杂志——《移居上海》。梅先生觉得这是一件很有意义的事情，对未来事业的发展也会有所帮助，可以把它作为一个新的起步。

梅先生说："这本繁体字杂志，试运行时各方面的意见就很多，有人提出繁体字的杂志在大陆发行合适不合适。不过，政府最终还是以服务港澳台、海外华人这个宗旨而同意了这本杂志的发行。不管简体字、繁体字，都是中国字，就好像不管台湾人大陆人都是中国人一样。根据这样的归纳和结论，我想很多问题就不复杂了。现在，这本杂志确实受到很多海外和港澳台同胞的欢迎。前两天，我到和平饭店，一个郭先生的朋友从美国洛杉矶过来，告诉我他们那里每年都有一个华商的展览会，规模很大。洛杉矶有100万华人，所以他希望与我们《移居上海》合作，在那里订购一个场地，做一个移居上海的走廊，办海外华人移居上海的图片展览，给《移居上海》杂志做一个详细的介绍。他们甚至已经在研究能不能在那里找到经销商，来发行《移居上海》，产生的费用再在那里办活动，所以我说繁体的杂志对于受过繁体教育的华人来讲是非常亲切的。这个杂志创刊以后，很多朋友在一起聊天时就会讲到《移居上海》杂志。杂志的创办，本身就体现了大陆政策的包容性、宽大为怀，使台湾同胞产生了更大的信心。"

梅先生说现在找毛病的反而是台湾方面，他说："我们曾经要把杂志拿回去，台湾有关方面说大陆的东西要回销台湾，特别是出版品，一定要经过'陆委会'。我们找到'陆委会'，办事人员看也没看杂志，就说大陆的杂志要正体字才可以。我们说我们这个就是正体字呀。他们很惊讶，怎么大陆会有正体字？于是又提出要用正式的名义申请等借口。总而言之，目前他们对我们的杂志进台湾还有意见。"

要做一个新上海人

梅汝彪告诉我，他期待把《移居上海》杂志的未来打造成一个服务于海外华人特别是台湾同胞的一个平台。最近，杨澜提出要开播一个"移居上海"的电视节目，每周半小时。梅先生也希望通过各种合作方式，扩大对台商的咨询服务，让大家能够到上海后有宾至如归的感觉。

　　说起台湾来的"新上海人"，梅先生有一些朋友在台湾十年八年都没有见到过，然而在上梅却碰到了。有一天吃饭时，他碰到了一个小学同学，姓徐，已经42年没见面了，现在是上海正大广场的副总裁。

　　梅先生期待大陆对这些"新来的人"给予国民待遇，他说："我对大陆各方面的情况抱着很乐观的看法，我太太来了半年以后，发现这里是应有尽有。现在她正在考虑买个店铺，让小女儿将来开个咖啡店。我最近在跟大陆的保险公司谈开发台湾人这个市场，现在上海已经有三五十万台湾人了，这不是一个很好的市场吗？而且是一个高消费能力的市场。台商现在在上海已经不像过去那样只集中在古北了，因为当时虹桥开发区离机场近，外销房都盖在那里，所以自然而然都集中在那里。现在，已经是遍地开花了。"

　　梅汝彪喜欢引用孙中山先生的名言——"世界潮流，浩浩荡荡，顺之者昌，逆之者亡"。他认为，每一个人，不过是历史长河中的沧海一粟。在历史的发展过程中，能够服从真理，服从趋势，做一个聪明的抉择，是很重要的，人生其实就是抉择。

　　　　　　　　　　　　　（原载于《两岸关系》2003年第8期）

要干就要干得最好
——访中达电通股份有限公司总经理王其鑫

周天柱

采访中达电通股份有限公司总经理王其鑫是一种享受，那标准的普通话、醇厚的男中音侃侃道来，思路清晰，内容翔实，引经据典，稍做整理，即可成稿。而此次采访，给笔者印象最深的是这位总经理嘴里不时迸出的一句话："中达要干就要干得最好！"说话时语气的自信，声调的铿锵与不温不火的个性、儒雅谦恭的风度形成了强烈的反差。

化祸为福

谈到 2003 年的非典疫情，王其鑫感慨地说：真没想到，这一非常事件对中达是一次机遇。SARS 的肆虐，使面对面接触的商务活动频频受阻，但现代社会的经济发展绝不能就此停顿，宽带数据产品临危更受人们宠爱。中达电通全透明的 ADSL "猫"问世，适逢其时，4 月正式通过国家认证，5 月就紧接着上市。由于产品的时尚化设计，彩色、全透明，前卫感十足，一露面就成了此一领域的明星产品。"猫"与无线 AP 结合所组成的新型桌面无线路由器，为宽带用户提供了更具时尚的宽带概念，颇受人们追捧。在非常时期，人们无暇做更多的选择，行业的龙头产品无疑最具感召力。中达电通这一同行公认的金字招牌，意味着可靠的质量与优质的服务。既然物超所值，客户当然乐此不疲。

非典带给人们的是"黑色恐怖"，但作为大陆电力电子行业的骨干企业，被用户喻为"光明使者"的中达电通却积极为用户服务。在数字时代，计算机系统是电信业不可或缺的中枢神经。而令人担忧的是，中枢神经系统的正常运转常遭到雷电的致命威胁。2002 年 6 月 26 日，辽宁本溪电信公司平顶山支局向中达告急。由于地理环境的特殊，这个地处海拔 600 多米的通信支局屡遭雷击，突袭的雷电损坏了设备，引发通信故障，损失巨大。客户的需要就是命令，中达随即派出由总公司工程师和沈阳分公司技术人员组成的抢修队赶赴现场，经严密的现场勘测和精心设计，仅用两天的时间，就全部完成了防雷改造系统工程。说来也巧，工程刚刚完工，雷暴再次来袭，该支局的机房设备在雷鸣中安然无恙，经受住了雷电的严峻考验。

在采访中，王其鑫告诉笔者，SARS 前所未遇，如何变坏事为好事是当时公司给全体中达员工提出的一个课题。面对疫情，为防意外，总公司人员一分为二，分别在浦东、浦西有条不紊地工作，严防措施落到实处，但经营业务仍照常进行。作为全国火车站大屏幕视频网项目的前期工程，2003 年 7 月，中达 DVS 大屏幕在重庆火车站成功运转，亮丽清晰的画面，丰富多彩的信息，使过往旅客眼睛为之一亮。拼 SARS、战高温，去年公司全年销售总额不仅没下降，反而比上一年增长了 25%。讲到这里，王其鑫提升了语调，特别强调这个业绩的含金量比往年要高好几倍。

《论语》治道

《论语》是儒家经典之一，经过一次次的学习、研究，王其鑫惊奇地发现，古今中外文化的精髓竟如此的心有灵犀一点通，他从几乎每日必读的《论语》中悟出了不少卓有成效的道理。众所皆知，任何企业的发展都离不开团队。西方的现代企业管理理念立足以人为本，所提出的许多新学说、新观点比如第五项提炼理论、西格玛原理等，其实在中国的《论语》中早就阐明。而中国人学习先哲的思想精华，当然比死啃硬涩的外文原版更易了解、掌握。比如公司选拔人才，就应"视其所以，观其所由，察其所安"；使用干部，鼓励年轻人"不患无位，患所以立。不患莫己知，求为可知也"；选用主管，主要"听其言，观其行"。中达为培养高阶主管，每月挑选一个储备干部当见习总经理，每日了解总经理做些什么，说些什么，如何与客户打交道，怎样处理日常公务，并一一琢磨、思考为何这样做，这样说。与此同时，总经理也在面对面地考察储备干部的一言一行，并依此长期培养。

令人可喜的是，几年来，中达坚持学习《论语》已渐见成效。在日常管理中，上层主管经常会提醒下属主管"其身正，不令而行；其身不正，虽令不从"。讨论问题时，要"不以言举人，不以人废言"。讲到这里，王其鑫随手拿出一本《论语别裁》，笑着说，这种语录性质的书其实是最易阅读的，晚上有空就翻上几页，边看边联想白天所遇到的人和事，过过"电影"，很有启发。就拿培训来说，这对现代企业是一个永恒的育人主题，可是花费了大量的人力、物力究竟有何效果，仁者见仁，智者见智。如何抓好培训效果，令人费神。我在研读《论语·卫灵公篇》中的一段对话时很受启发："子曰：'汝以予为多学而识之者与？'（孔子问子贡：'你以为我是多读多记许多知识的人吗？'）对曰：'然，非与？'（子贡答：'是啊，难道不是吗？'）曰：'非也，予一以贯之。'（孔子说：'不是的，我是体悟到整个道理，融会之后，一通百通的啊！'）"以此引申到公司的培训体系，也应强调与企业的发展策略相连接，而非停留在一般化、局部、零碎的技能培训；要做好讲究实效的主动策划，而非满足于被动、随机性的安排；鼓励受训员工将所学的知识融会贯通，勤于实践。

人称"半部《论语》治企业"的王其鑫谈起《论语》就津津乐道。他说，这几年，总共524条《论语》论述，公司整理下发主管一级的就有106条，古为今用的深邃智慧让中达受益匪浅，如独有创见的品管圈、项目组活动就是由此应运而生的。利用业余时间，本部门或跨部门的员工自觉坐下来，围绕某个产品或项目，运用先人的哲理分析、讨论，一次未完，留待下次，以此逐步完善良性循环的品管质量保证体系。

授人以渔

"两耳不闻窗外事，一心只读圣贤书"是封建社会科举苦行僧的写照，但现代企业绝不能闭门自营。讲到这里，王其鑫说，多年来，中达取之于社会，当然务必回报社会。近几年，我们多次义务献血，各级主管带头挽袖；在湖南地区扶贫帮困，招聘当地贫困居民；与云南及浦东新区结对，给贫困学生送温暖……如此多的爱心活动在社会上起到了一定的作用，但几经评估，我们认为还很不够，这些社会公益活动随机、零星，缺乏全面、系统的统筹考虑。从2002年起，我们与全国展望计划办公室合作，推出"展望中达西部创业计划"，以协助当地创业、经营"农家乐"入手，帮助西部地区逐步实现奔小康。为此，中达斥资免费培训西部青年，让他们守着宝山能识宝，凭自己勤劳的双手，尽快将沉睡千年的旅游资源开发出来。通过"农家乐"网站，向境内外广而告知，吸引更多的中外游客一饱西部"农家乐"的眼福、口福。如此多赢，何乐不为？！去年四川29位农民参加了首期15天的培训后，初尝甜头，学员了解了国外农村家庭旅舍和台湾民宿的发展现状，大开眼界，观念有了很大更新。今年春季，更深层次的实地培训将按计划一一展开，筹建网站也已摆上了议事日程。中达始终认为，开发大西北，与其"馈人以鱼"，不如"授人以渔"。

未来畅想

面对越发激烈的行业竞争，笔者最为关心的是，中达对此有何应对高招？谈及这个问题，王其鑫胸有成竹，他向笔者披露：公司全年度加强市场营销的总体方案年前已完成，现正抓紧全面落实；动力系统5个产品升级改进的软件程序正在配套开发机电系统的变频空调大有文章可作，只要按需适量调节风量，仅上海电信系统一年即可节电 3000 万元，浙江地区更可高达近 1 亿元。现代社会须臾离不开电信，势必对电信设备的要求越来越高。目前行业规定在任何情况下设备的正常运转率要高达 99～999%，这对中达来说，就意味着必须无条件提供更多的零缺陷的产品。若做不到这一点，立马就有被淘汰的危险。面对如此严峻的挑战，我们抱有充分的信心，要干就要干得最好，中达人是这样想的，也必将继续这样做！

（原载于《两岸关系》2004 年第 4 期）

在"四朵金花"盛开的地方
——访上海市台协食品工委副主委、上海台尚食品公司总经理蔡振良

周天柱

几经相约，笔者得以采访上海市台湾同胞投资企业协会食品工委副主委、上海台尚食品公司总经理蔡振良。听说个子不高、精力过人的蔡振良是个"工作狂"，我的采访就直奔主题。但万万没想到的是，眼前这位早已拥有奔驰、丰田的总经理，偏偏对沪上都快匿迹的黄鱼车独感兴趣，于是我们的话题就从黄鱼车开始。

蔡氏黄鱼车

十年前，而立之年的蔡振良只身一人到上海滩来打拼，凭着一腔热血，将公司铭牌在上海吴宝路上高高挂起。"前方的路到底该怎么走？说句心里话，我当时脑子里一片空白。"一谈及当年创业时的情形，蔡振良至今仍心有余悸，"我当时的想法现在看来单纯而又简单，其实就是两句话：我相信从我爷爷辈所积累的台湾炒货经验绝对是一笔无形的财富，我看好中华食品文化在大陆有强大的生命力。"

"初生牛犊不怕虎"，一辆普通的黄鱼车竟成了蔡振良创业之初须臾离不开的主要运输工具。入晚大批原材料来了，要从厂门口的卡车上驳到仓库，此时小小黄鱼车大有用武之地，嘎吱嘎吱跑得欢。客户一个电话，哪怕只要1箱产品，蔡振良带头踩着黄鱼车，一眨眼工夫就消失在申城街头滚滚的车海、人流中。"1箱订货你都送？哪才值多少钱？"我简直不敢相信自己的耳朵。"1箱产品当时的价格可能在100元左右，可我认为，消费者指定要台尚的产品，说明对台尚品牌的认可，我们当然要在第一时间送。"讲到这里，蔡振良的嗓音高了许多，谈兴一起，黄鱼车似乎成了我们谈话的交集点，"踩黄鱼车很累很苦，尤其是刮风下雨，天寒地冻，这个滋味我至今难忘。逆风劲吹，你狠命踩半天，走不了几步路。隆冬结冰，骑车从桥头往下冲，真有点玩命呀！"

谈起创业时的艰辛，蔡振良的话匣子就打开了。炒货，第一步就是原材料的选购。为了采购到符合台尚标准的瓜子、花生，尽管对大陆地理情况并不太了解，可蔡振良仍一头扎入大西北，从土质入手，一块地方、一块地方地找。有时真的好奇怪，隔一条河，土质不同，瓜子、花生质量就是不一样。一天跑下来，人累得简直要趴下来，可最苦的是小旅馆连澡都洗不上，只得将就着和衣睡个囫囵觉。如此几次折腾，回到上海，掉几斤肉也就不足为怪。奔波西北——研究配方——改进工艺——直面客户，如此生产销售模式不断循环，给台尚公司换来的是一年400万元的销售额。

当家"四朵金花"

当采访的话题转移至当今市场，蔡振良凝重、缓慢的口气不禁变得轻快起来，"初来大陆所付的学费完全值得，因为我们面对的是一个完全陌生的市场，什么东西都不了解。有付出，才有所得，付出的学费越多，所获得的成果也就越大。"蔡振良在强调这个理念时，喜不自禁地畅谈起公司近几年屡获成功的当家产品，"炒货是我们的看家产品，但农副产品很易受气候条件等影响，不确定因素较多。1997 年开始，公司做出重大决策，在保持炒货基本盘不变的前提下了，产品架构做重大转型。先研发果冻、糖果、萨琪玛等主打产品，现又增加了各色巧克力，形成一炮一红的产品路线图。"

在采访中，笔者最感兴趣的是，台尚的主打产品并未为人先，却为何能推出一个成功一个？对于这个敏感的话题，蔡振良不但乐意讲，而且还全盘托出，他指出：每个产品都有自身的特点，开发之际，我们瞄准的目标是全国同类顶尖产品。由总经理、技术人员、销售员工共同组成的测试小组，从包装、形状、色彩、营养、口感，乃至价格，一项一项地仔细跟踪比对，从中找出差距，发现问题，逐一改进。在产品面市后，此项工作从不停止，仍坚持作为每个星期的必修课，绝不松懈，"扬己之长，避己之短，知己知彼，百战不殆。"真想不到台尚将孙子兵法在大陆商场演绎得如此成功！

台尚打拼之路虽然很辛苦，但"四朵金花"同时绽放的喜讯足以令台尚人为之振奋：萨琪玛市场占有率为全市第一，达到40%；果冻第二，稳居 30%；糖果 2～3 名，为 27%；巧克力起步虽晚，但后来居上的人气也展示了喜人的发展前景。对果冻情有独钟的蔡振良告诉笔者：从当初每月 200 吨的销售量，增加到600 吨，如今一跃而为 2000 吨。看来果冻的常变常新，紧紧抓住了广大消费者的眼球。为提高果冻的安全性，果型由小到大；内在的营养是产品开发的关键，从 1 层、2 层，现在研发出 4 层果冻来：椰果、果肉、乳酪、果汁，层次分明，清晰可见，十分惹人喜爱。讲起糖果的销售，人称台尚给大陆的糖果市场带来一场销售变革一点也不为过。众人皆知，糖果五光十色，大小不一。传统销售，糖果封装入袋，顾客要买就买一袋，除了什锦糖外，不能混合着买，更不能品尝。台尚对此来个彻底革新：琳琅满目的各类糖果分门别类装在一个个用漂亮的装饰纸包装的容器内，醒目地摆放在商场、超市阶梯式的货架上，使得原本五颜六色的糖果更加诱人。购买时，顾客自己动手把喜爱的糖果一一装入果盆里，各式糖果一律均价销售。这种别具一格的独家销售方式立即吸引了众多消费者，同时也得到商家的赞赏，公司销售业绩一路直线上升，真可谓一石三鸟的"三赢"。如今，由鸡蛋、面粉、麦芽糖制成的萨琪玛几乎家家休闲食品公司都在做，可台尚以蛋味浓、酥软、新鲜为特色，老少消费群成了越滚越多的常客。逢年过节卖疯了的台尚巧克力着意在格调高、口感纯、入口即化等方面下功夫，现与进口巧克力形成了激烈的竞争态势。"四朵金花"生产、经营、销售各有绝招，使台尚业绩连创历史新高。2003 年尽管受"非典"冲击，全年的销售额仍达到 5 亿多元，在同行业中遥遥领先。

人性化管理

十年打拼，一个台尚发展为十个台尚。在白热化的市场竞争中，台尚靠什么屡创奇迹？对于这个涵盖面甚广的复杂问题，蔡振良的回答极为简单：根本的一条就是靠人性化的管理。接着他以一个具体的公式进一步加以诠释：公司的发展靠团队——团队的打造靠人性化管理——人性化管理离不开企业文化。

在台尚，企业文化看得见、摸得着，绝不是一句空话。信步走进公司办公大楼，两边的墙上贴满各种竞赛表格，简单明了的基本理念包含企业文化的深刻内涵：尊重、激励、朝气、创新、责任、公正……今年3月为"朝气"月，其行为准则是活泼、开朗、乐观、乐于作为、用自己的进取行为影响周边的人。公司每个月取一个基本理念为部门间的竞赛主题，优胜部门除挂上流动红旗外，该部门还可得到一笔奖励基金。精神文明与物质文明双重奖励，使参赛部门格外认真，而每一次针对性很强的竞赛，又巧妙地将企业理念融入员工的头脑中。

从前年起，为充实、提升企业文化，员工读书会应运而生。"面对市场的激烈挑战，我们只有用科学知识来从容应对。"蔡振良在陪同笔者参观图书室时特别强调了这一点。而令笔者惊奇的是，此刻偌大的图书室内，一半以上的图书已一借而空，"我们鼓励员工多阅读相关的技术、管理书籍，而每星期六上年的读书报告会则成了员工们互打知识擂台的好形式。"蔡振良一边介绍，一边拿来几份读书笔记。公司总务科张志明看了《把小事做好才能创造辉煌》一书后，很有感触地写道："建立和完善企业管理是一种充满挑战的大事业，但在这个大事业建立的过程中，会有数不清的小事要做。因此，做好每一件小事，是创造每一个辉煌的必经过程。"业务助理课的许永芷认为："主管是激励员工的尖兵，自身一定要具备激励概念，给员工发展空间，以身作则。对于那些最难做的事，或是部下解决不了的事，就应该当仁不让地自己去做，如此才能赢得部属的尊重。"

十年来，台尚独特的人性化管理培育了根深蒂固的企业文化和企业素质，安然渡过一个个难关。那年春节前夕，台尚厂区一场冲天大火突然而起，蔡振良以最快速度冲到火场，二话不说，手拿灭火器，几步就跳上屋顶。哪知心太急，一失足从屋顶摔了下来。好在命大，人幸运地坠落在堆满萨琪玛的仓库内。媒体第一时间报道了台尚突发火灾的消息，大火牵动了社会各界的心，慰问电纷纷而来。公司的员工喊出"公司的困难就是我们的困难"的口号，主动捐款，主动加班，灾后不到 12 小时，全公司就恢复了生产，保证了春节供货需求。目睹眼前这动人的一幕幕，蔡振良被员工们的真情打动了，含着泪花动情地说："上海人真好，上海真好！"

华灯初上，采访即将结束，蔡振良留给笔者的快乐结尾是："现在我最高兴的是，公司员工早已把我当作上海人了！"

（原载于《两岸关系》2004 年第 6 期）

台湾水果俏迎春
——访上海吉谷商贸有限公司总经理林志鸿

葛凤章

　　2006 年新春期间，上海市区经常可以看到一辆辆喷有"Ggood"字样和水果标记的汽车出没于街头巷尾。每每看到这样的车，知情者就会兴奋地欢呼，台湾水果来了！

　　是的，这正是上海吉谷商贸公司的"宅配送"专车。如今，"吉谷"在上海已经成了台湾水果的代名词。2006 年春节前夕的一天，我在上海龙吴路水果市场见到了公司总经理林志鸿先生，他正在和检验检疫人员办理新进关的台湾水果的交接手续。

台湾水果，大陆需要精品

　　2006 年春节将临，水果市场一片兴旺景象。凡是进入上海市场的境外水果，全部都在这里集中，经过检疫以后再批发到各个销售点。为了抓住新春期间这个水果销售的大好时机，林先生从台湾进了一大批水果，他告诉我："根据我的市场调查，2006 年春节期间上海市场大概需要台湾精品水果 1000 吨以上。我呢，计划要做到 600 万元人民币的营业额，起码需要台湾水果 600 吨，可是现在台湾水果严重缺货，只能满足 200 吨……"

林先生在上海经营台湾水果已经四五年了，2005 年连战、宋楚瑜访问大陆之后，大陆开放了台湾 18 种水果进口，并且给予其中 15 种免税政策，使台湾水果在大陆市场名声大振，销售商的业绩也节节攀升。林先生高兴地说，我们经营台湾水果的业者已经感到冬去春来、时不我待了。

"精品才能赚到钱。"这是林先生这些年来经营台湾水果的经验，他说，"上海是台湾水果最好的销售市场。上海人的消费观念比较成熟，他们挑选东西，首先就是看品质，品质要满意，这方面绝不将就。"

"怎样的水果才算精品呢？"林先生解释道，"精品应该是看上去新鲜，吃起来甜度够、水分足，个头也要达标。比如莲雾每个要 150 克以上，青枣每粒要 110 克到 120 克……"

用心经营，树立良好信誉

说到经营水果，林总说最要紧的是要掌握好生产时令和保存时效。台湾水果属热带、亚热带水果，如果不了解其特性，解决不好储存问题，弄不好就会血本无归。这方面林先生也曾尝到苦头，有一次，他在还没有落实好销售对象情况下，一下子从龙吴水果市场进了 1500 箱水果，结果只卖出二三百箱，其他的全烂了。

从那以后，林先生开始认真学习和研究各种不同水果的特性，"过去我还真的不了解水果还有生命周期，也不懂得水果如何催熟，通过学习我才真正知道这水果里面也大有学问。"林总告诉我，品尝水果，连吃法都很有技巧。当你拿到水果之后，在食用之前必须经过"回温处理"。要将水果先放置在冰箱外面的阴凉处一天以上，让水果苏醒过来。因为水果采摘时往往只有八分熟，然后就被快速放进了冷藏柜，等于让水果处于冬眠状态。在这种状态下，水果不会继续生长，但甜度和口味都没有达到最佳境界。经过"回温处理"后，水果继续"生长"到九分、十分熟，那时吃起来一定甘甜爽口。

俗话说，"功到自然成。"林先生的刻苦钻研，获得了丰硕的成果，有的甚至成为他的"专利"。台湾的水果，一般都是用冷藏集装箱运输的。一个集装箱往往有好几个品种，因为每种水果要求的储存温度不同，所以许多水果商往往用了这种集装箱后造成水果腐烂变质。林先生仔细研究了集装箱的制冷特点和保存水果所需要的条件后，制定出了"找准风口，留出风道，耐寒近风，依次渐离"的装箱方法，有效地解决了水果运输途中的腐变问题。这一消息不胫而走，有的同行就来电预约上门讨教。公司一位管营销的副总对林先生说，这是我们的竞争对手，千万不能传授给他。林总则笑他想法太狭隘，他说："知识和经验，应该是属于社会的。我们台湾的农民兄弟辛辛苦苦种出了水果，我们不能看着坏掉而熟视无睹吧？再说了，上海市场这么大，只要你的服务好、产品好，还怕竞争嘛？"后来经林总的指点，别的水果商也掌握了冷藏运输的技术。

因为台湾水果属于热带亚热带水果，保存难度大，所以经销一定要"环节少，出手快"。怎样做到这六个字呢？林先生想到了国外已经流行的"宅配送"，也就是送货上门，他说："上海具有居住集中、人口稠密、生活水平高的特点。另一方面，上海的外来劳动力很多，人工和车力的成本还比较低。当我把自己的想法讲给其他台湾朋友听时，大家都觉得这个主意好，可以试试。"于是，林先生最初把自己乘坐的别克轿车当作送货车，开始了经营台湾水果的生涯。

管理就是企业的效益。在经营管理方面，林先生也动了不少脑筋。因为公司主要的销售形式是送货上门，所以大量的业务联系都依赖电话。林先生要求公司所有员工在接电话时首先要报自己的名字，这样，如果在以后的通话中服务不好，顾客已经知道了你的名字，可以投诉。哪位被投诉了，公司除了教育以外，还要视情节扣他 20～50 元奖金。有意思的是，如果谁因投诉被扣了奖金，那么林总这位老板也要扣除相同数量的薪水，这些扣下来的钱派什么用处呢？全部用于职工的补贴和福利。

林先生十分重视顾客的意见和反映，他把自己用的电话号码公布于众用作投诉。所以，一旦有顾客投诉，他总是亲自处理。有一次，一位顾客从浦东打电话来反映，说他收到的水果礼盒里，实际数量与随盒清单不符，少了三只橘子。林先生听了，记下对方的地址与电话，立即告诉销售部门，派员工送过去。他们公司在上海的最西边，而浦东又在上海的东面，为了三只橘子，要横穿整个上海，成本太大了吧？当销售人员提出是不是下次顺便时再捎过去，林先生断然否定，一定要求马上送去，越快越好。一小时后，三只橘子送到了，顾客感动得不知说什么才好。林先生对我说："我要送的，绝非仅仅是橘子，那是我们公司对待客户的诚意。"

现在，诚意待客已经在"吉谷"蔚成风气，员工们把提高服务质量当作自己的责任。有一次，有个顾客打电话来订芒果，而且告诉一定要熟的，到货就要食用的。当时，公司里的芒果都没有熟到这个程度，怎么办？一个员工想出了一个好主意。这天他带着顾客要的芒果，早早回宿舍睡了。同宿的同仁以为他病了，走到床前刚要坐下寻问他有什么不舒服，他大叫一声"不能坐"！原来他的身体周围都是芒果，他是在用体温为芒果催熟呢。

新春期间，如果你打电话到"吉谷"去订购水果，销售人员会非常热情地问你需要的品种数量，送到哪里，什么时候送到最好。当你收到水果礼盒的时候，你会觉得包装很精美，祝贺很温馨。礼盒内的每个水果身上都贴有标签，注明了品名和产地。包装很考究，防止运输途中挤伤。盒内还有水果清单和鲜果说明书，供你核对数量，告诉你盒内水果的营养成分、食用方法和保存方式……让顾客在品尝时鲜水果的同时，不知不觉也学到了有关水果的知识。更有意思的是，当你收到"吉谷"水果后，你如果对其中哪种不喜欢，24 小时之内可以无条件提出更换。如今，上海已有大约 20 万户家庭享受过"吉谷"提供的服务。林先生这种讲信誉、人性化的经营理念，得到了广大客户的赞誉，"吉谷"商贸也被评为全国质量诚信管理先进企业，质量诚信消费者（用户）信得过单位，AAA 质量诚信单位。

两岸和平　商家才有希望

辛勤的耕耘，一定会获得丰硕的成果。当我赞赏他奋斗精神的时候，林总摆着手说，这些功劳并不都是我的努力，有一大半是两岸形势的恩赐，他深情地说："两岸和平，我们商家才有希望啊！"

　　林总的感慨是发自内心的，2005年之前，他每年基本上只能从台湾进来四个集装箱的水果，每个集装箱7吨到20吨不等。那时不仅要交税，而且只能进五六个品种，其他部分林先生只能到广东法丽水水果市场采购，因为那里有一部分从香港进来的台湾水果。

　　我问林总："最近有人说大陆市场对台湾水果的青睐期已经过去了，你对这种说法怎么看？"他想了一下，回答说："要在大陆市场打响台湾水果，两个条件非常重要，一是两岸和平，二是物有所值。前一阶段，大陆市场台湾水果热，一些投机商人就到海南岛、泰国等地购进劣质低等的莲雾、芒果、番石榴来冒充台湾水果。大陆民众对这些热带水果的产地辨别不清，误以为这就是台湾水果，感到物有不值，这样就会影响台湾水果的声誉。所以我大声疾呼大陆水果营销管理部门，一定要严管投机行为，发现假冒，严惩不贷。台湾水果在大陆卖的价格比较高，是因为其受到成本的限制。就拿运输来说，现在两岸没有实现直航，货船要弯靠日本，增加了运输路程和时间，费用就高了。如果两岸和平，实现了直航，如果台湾方面也像大陆一样，对台湾果农和销售商给予免减税收的优惠政策，那么两岸的水果生产者、经营者、消费者都会得到很大的实惠。"谈到今后的发展和打算，林先生不假思索地说："大陆出台了一系列针对台湾农产品的开放政策，这对台湾农民来说，绝对是发展自己事业和创造财富的好机会，我觉得不应该坐失良机。现在，我除了'宅配送'之外，还与上海浦东国际机场还合伙开了一家鲜果专卖店，在乐购、易买得和家乐福等超市设专柜。根据我的了解，近十年来，台湾水果的种植面积保持在 22 万公顷左右，产量年递增 16％，台湾每年人均消费水果已达 140 公斤，因此，岛内的市场的拓展空间已经有限。然而，大陆改革开放以来，经济发展很快，民众的生活水平普遍提高，还涌现出一部分先富起来的高消费群体。就拿大陆沿海来说吧，年收入超过 6000 美金的人口就有 4000 多万人，他们都是消费台湾水果的主力军。台湾的许多农民没有到过上海等大陆沿海地区，不了解这些的情况，所以就犹豫，拿不定主意。下一步，我想多做一些两岸交流方面的事情，比如邀请台湾的农民朋友到上海来参观访问；筹办两岸农产品展销活动，把台湾的农产品推进大陆市场；开展两岸农业研讨活动，推动两岸的农业交流，让台湾的农民在开展两岸经贸中真正得到双赢。"

（原载于《两岸关系》2006 年第 3 期）

跳出一片健康活力
——访亚力山大企业集团董事长唐雅君

周天柱

现代人最缺少的是什么？有人认为是时间，有人强调是亲情。可当我把这样一个复杂问题交给亚力山大企业集团董事长唐雅君来解答时，她脱口而出两个字：健康。而面对"如何才能健康"的追问，她的回答更绝，仅一个字：跳！跳，一年四季，男女老少皆适宜。只要学会跳，坚持跳，就能跳出一片健康活力。

多动闯出一片天

如今在台湾，只要你一提起唐雅君这个名字，几乎无人不晓，由她独创的"亚力山大健康休闲王国"，俨然成为 21 世纪亚洲健康休闲产业的龙头代表，而 23 年极不寻常的产业经历，更使她赢得了"全世界最会卖健康的女人"的雅号。如今她一手打造的"雅姿舒活家"、"亚力山大健康休闲俱乐部"、"亚爵会馆"已遍布全岛，仅会员就有近 50 万人。

　　健康有价，健康可以形成一个产业，在当今商品社会没有人会否认。可当时光回溯到 23 年前，也就是唐雅君初出茅庐，刚刚开始创业的时候，许多人对此的认识仍是懵懵懂懂。当记者问到："当初你是如何创业的？"唐雅君的回答令人感到惊讶："一个刚刚从台南家专音乐学校毕业的小女生懂得什么叫创业呀！若投你所好，我硬要编织什么创业的神话，那通过媒体可以随手杜撰许多精彩的故事，但有头脑的人不会相信这样的鬼话。"

　　值得我们思考的是，置身同样的环境，为什么毫无企业背景又不具经济实力的唐雅君能一手打造出一个纯属中国人的"健康休闲王国"？而更多的人在机会面前却熟视无睹，毫无作为，与成功擦肩而过呢？唐雅君对此的回答十分有趣，更富有哲理："我这个人生来永远静不下来，好动使我喜欢舞蹈，舞蹈令我创业快乐。如果工作使我背负沉重的十字架、感到异常痛苦的话，那我可能早就歇手不干了。"

　　一提起孩提时代的活泼好动，已过不惑之年的唐雅君至今仍情不自禁地流露出孩子般的天真。她说，正因为年幼好动，才会使自己的身上充满蓬勃朝气，才会天不怕，地不怕。从学校毕业的第二天，唐雅君就背起背包和同学去比台南大好几倍的台北闯荡；正因为年幼好动，才会好不容易凑了 50 万元新台币，破釜沉舟、孤注一掷在台北创办了"雅姿韵律世界"；正因为年幼好动，才敢独自一人在布满陷阱的社会冲冲杀杀，才会一个连锁店还在筹划，就忙着选择另一家连锁店，28 岁已是拥有 10 多家连锁店的女老板。

全球最会卖健康

唐雅君给人的第一印象很深刻，她不用任何修饰，披着一头秀丽的长发，上套一件黑皮茄克，下穿一条蓝布牛仔，两只清澈的眼睛传递的是一片真诚，活脱脱一个最佳"健康天使"的形象！常年运动使唐雅君始终保持完美体型，而视工作为快乐的放松心态，更使她青春常驻。"运动就是美"的理念经她的演绎，富有令人信服的丰富内涵，想来这也就是"亚力山大"能在台湾呼风唤雨，能在上海、北京旗开得胜的魅力所在。

进入 21 世纪后，随着大陆、台湾经济的迅速崛起，欧美的健康休闲产业瞄准的最大目标是中国。不可否认，韵律舞蹈、健康休闲业从欧美起源，最早是一个"西化"的行业，可唐雅君不相信自己拼不过外国人。她的精明在于颇有自知自明：台湾市场的健康休闲产业红火，容易吸引外国公司的注意力。与老外打拼，先把主要精力放在岛内，并具体筹划了两步走的发展蓝图：第一步以数量抢滩，近 2 年一口气将台湾的连锁店从 10 多家增加到 27 家。访谈中说到令人惊讶的"亚力山大旋风"时，唐雅君两只眼睛流露出满意的眼神，她挥着手，用肯定的口吻对我说："今天我坐在上海新天地的亚力山大会馆，可以很负责地说一句话，凭我现今在台湾拥有的连锁规模，我们已不惧怕任何外资企业的冲击。"

"亚力山大"发展的第二步是迅速扩大规模。唐雅君出其不意的绝招是，将小店变大店，规模大了，资源、设施多了，客源一定更为稳定，"随着全民健身的理念深入人心，社区设馆、就近锻炼给会员带来更多的方便。不用多久，会员的比例将会成倍增长。亚力山大在台湾的成功，使我无后顾之忧，可以腾出一半的精力到大陆来发展。我完全相信，大陆的发展速度会比台湾快几倍。"

上海是世界舞台

在健康休闲行业，唐雅君尽管早已是大名鼎鼎的"亚力山大"董事长，可圈内人更爱叫她唐老师，这倒不只是一种象征性的尊称，更反映出她对行业的内在规律了如指掌，对许多复杂的事情有可行的前瞻眼光。早在 10 年前，"雅姿韵律世界"在岛内红过半边天，唐雅君荣获"台湾青年百杰奖"时，她就曾到大陆考察过。仅过了 5 年，旧地重游，日新月异的上海新貌令她震惊，唐雅君认定，上海是世界的舞台，也是中国最亮的一颗星。

当记者请唐雅君将台湾与上海做一组对比，看看发展健康休闲业务有什么特色时，她接过话题一一道来："台湾经济起飞比上海要早 20、30 年，岛内经济的发达带动健康休闲业的繁荣。进入 20 世纪 90 年代后，上海的改革开放加大了力度，极为迅猛的经济增长势头促使沪地的现代服务业飞速发展。拿健康休闲业来说，上海的成长速度早已超过了台北，而最大的特点是一开始就从高起点发展，一切力求与国际接轨。当然也正因为才起步，产业的内涵还存在一定的落差。"

作为亚洲健康休闲业的龙头老大，亚力山大企业集团在抢占上海制高点时最费心思的是，上海亚力山大会馆应该向世人展示什么风格？这个貌似再简单不过的问题却让唐雅君费神了好久。"新天地"外资、台资企业云集，每天有大批国际游客前来观光，处于该区域心脏地带、占地面积足有近 10000 平方米的超大型新会馆无疑会吸引世界的目光。稍有闪失，不仅是丢了整个"亚力山大"的面子，更重要的是会丢尽中国人的脸面。曾有人主张，新天地会馆的风格必须西式，因为健康休闲业的发源地在西方，离开了本，会不伦不类。可唐雅君的头脑中，中国情节始终很浓，中华美食、中国功夫、中医药学汇聚成特有的中华文明。如今全球流行"东方热"、"中国热"，上海新会馆为什么不能打造成以中国风格为主的东方传奇呢？唐雅君找来了专门研究中国历史的专家、学者，讨论古代运动所使用的各种方法，将这些集知识性、教育性于一体的图文、书法——运用、融合到设计中去。健身房里，大红灯笼高高挂起；四面墙上，太极拳谱的各种书法尽情挥洒。与此同时，公司对新天地会馆的硬件要求一步到位，特设的影音播放区和运动博物馆在台湾至今都没有。新会馆剪彩开张后，一个在日本发展健康休闲业的美国人跑来向唐雅君致意，并由衷感叹："这是我看过的最棒的俱乐部，你会让日本看得目瞪口呆！"美国人的这段话让唐雅君激动地差点哭了。

明天一定更灿烂

历经 23 年风风雨雨，具有全球视野的唐雅君对"亚力山大"的前景充满信心。她指出，目前美国健康体闲爱好者已达到人口总数的 15%，欧洲超过 9%，台湾至今仅为 2%，而大陆更少，仅仅占到 0.014%，彼此差距巨大。大陆经济的增长一日千里，不用多久定可超越日本、欧洲，而随着经济的飞跃，大陆的健康休闲业将会有更为惊人的发展。

采访进入尾声，这位被《天下》杂志评为"台湾最有影响力的女企业家"将一句意味深长的临别赠言送给广大读者："事业与人生是一场永无止境的马拉松比赛，只要保持体力、信心及快乐的人生观，那成功一定就在你的身边。"

（原载于《两岸关系》2006 年第 6 期）

重圆"秀朗"梦

——访上海台商子女学校董事长张培方

章 健

6月，骄阳似火，上海台商子女学校的老师们冒着酷暑忙着乔迁。坐落在闵行区华漕镇金辉路上的新校区如期交付使用，今年76岁高龄的学校董事长张培方看着眼前的新校舍高兴得合不拢嘴。15年的愿望啊，今天终于要实现了。此时此刻，历历往事，又一幕幕浮现在这位耄耋老人的眼前……

四十载"园丁"生涯

张老最大的特点就是喜欢孩子，他这一辈子也基本上都贡献给了孩子，献给了少儿教育事业。从1953年4月开始，一直到1992年2月退休，他40年如一日，像一位辛勤的"园丁"，默默地在小学这座花园里耕耘，全身心地致力于培育下一代的"花朵"。

回忆那风华正茂的青年时代，张老笑着说："到台湾以后，我选择了教师这个职业。为什么这样选择呢？一是我很喜欢孩子，虽然当时自己也刚刚脱离孩子的队伍。二是当时国民党退到台湾不久，吏制混乱，没有经济实力的人想谋一官半职或觅到称心如意的职位很难，而我一直在读书，做工种地都不在行。有一次，我去淡水镇的小坪顶探访一位老同学，他劝我从事教育工作，还说了一堆教育利国利民的道理。我仔细想了想，也觉得自己还是当教师比较得心应手，于是毅然投入了教育工作的行列，谁知道这一干就是40年！"

张培方先生是河北省青县人，1949年在北京念完高中后去了台湾。那时候，他还没有结婚，生龙活虎，简直就是一个孩子王。当了老师，张培方首先考虑怎样和学生们融洽相处。他任教的第一所学校是坪顶国小，国语、数学、自然等课程都教。后来，又转到屈尺国小任教，学校在一条河边上。中午，他教孩子们游泳、钓鱼、捉螃蟹。到了周六、周日，他向朋友借了猎枪，带着孩子们爬山打猎、收蜜蜂窝。许多学校的学生怕老师，谈师色变，然而张老师的学生不仅不怕他，甚至不愿回家，喜欢和他在一起。

不过，那时候的张老师把上课和课后分得很清楚。上课要严格认真，下课了方可师生同乐。在台湾，小学考中学要全省联考。张培方任教之前，坪顶国小以往联考只有两三个学生能考上中学。他去以后，第一年一个班就有28名学生考上了中学，还连年被评为"优良教师"。

在坪顶和屈尺两所国小任教7年之后，张培方破天荒被派任为新店镇龟山国小第一任校长。为什么说是破天荒呢？因为那时候你想当校长，那一定要准备很多红包，只有张培方这个校长，真是一个子儿都没有花。

重圆『秀朗』梦

107

随着教育事业的发展，龟山地区要新建一座国小。新建的学校要校长，谁来当呢？学校向"县长"要求，一定要选合适的、会办学的好人去当校长。"县长"问师生们喜欢谁去当校长？大家一致推举了张培方。其实那时"县长"心里已经有人选了，听到师生的一致呼声，他既惊奇又纳闷，他要亲眼见见这位师生所拥戴的人。当"县长"来到学校的时候，张培方正提着一桶油漆在漆教室的窗户。因为当时学校的经费比较紧张，为了给学校省钱，许多事情他都亲自做。此情此景，使"县长"感悟到了大家一致提名的理由，回去后，"县长"把他原来准备任命的校长名字改成了张培方。

经过 8 年奋斗，龟山国小已经颇具规模了。上级一纸调令，又将他调到永和网溪国民小学担任首任校长……

难忘的"秀朗"精神

张培方的一生中，在 3 所国小当了 30 年校长。然而，使他最难以忘怀的，恐怕是在秀朗的 14 年了。1975 年 2 月，他受命来到台北县永和镇筹建秀朗国小。那时候，他已经有了 16 年当校长的经验，可以说是年富力强。正因为如此，"秀朗"的 14 年，成了张培方从事教育事业的巅峰时期。

"秀朗"从无到有，从征地开始，一直发展到在 12670 坪面积的校园里开设 225 个班级，学生人数最高达到 1.2 万人，成为世界上学生人数最多、规模最大的小学。张培方为学校的建设呕心沥血，至今回忆起来仍然感慨万千。

最使张培方感到自豪的，还是"秀朗"的精神。什么是"秀朗"精神？那是"秀朗"师生为这所学校的建设付诸的心血与智慧的结晶，也是学校通过长久实践形成的良好氛围。"秀朗"的学生以校为家，勤俭节约。自从建校以来，他们十几年来一直坚持每学期 3 次收集校园里的废品，把每次卖得的 2 万左右元钱全部交给学校用以增添图书和教学用具。"秀朗"的老师关爱学生，以身作则。身为校长，张培方每年的春节、端午、中秋和教师节必定在校值班，30 年如一日。他对自己自勉道："欲遇变而无仓忙，须向常时念念守得定；欲临死而不贪恋，须向生时事事看得轻。"秀朗校歌的歌词也出自张校长之手，"秀朗秀朗，是我受教育的好地方。学做人，学做事，爱国家，爱民族，永刻心底不能忘，不能忘。美丽的校园，深厚的师恩，我要立志图强，奋发向上出人头地，做中华儿女的好榜样。"

谈到学校的管理，张老用"井然有序"四个字来形容："我们学校里，没有一块破玻璃，没有一个龙头不通水，没有一盏不亮的灯，没有一位不认真的老师。我们学校有上万名学生，用 600 多个水龙头，尽管用水量很大，但是我把这些水龙头分给了附近上课的老师管理，保证了个个完好。我们全校有 200 多个教室，我可以轻松地对前来参观的人们说，只要你们能在我们学校里找到一块破玻璃，我就请你们全团人员聚餐。在我们学校，上课铃声一响，老师马上都进了教室。如果有谁还在走廊上讲话聊天，那就是不认真，我经常会站在走廊的头上检查。教书，要有准备。老师是诗人，也是疯人，要投入。上课，老师要站着，不能坐在那里。我们学校大，金门全部学生加在一起也没有我们'秀朗'的学生多。"

不得已投笔从商

张培方为了教育事业默默耕耘，秀朗国小在他的领导下环境优美，秩序井然，声名鹊起。张培方在校长这个位子上，获得记功 21 次，嘉奖 73 次。

然而，天有不测风云。张老向我介绍了当年离开秀朗时的情景："1990 年，台北县长竞选，民进党籍人士尤清当选。而在竞选当初，他曾向我借学校的操场作为演讲场所。考虑到保护校园设施和维护校园风气，我没有借，这下子多有得罪。他当即扬言，一旦当选，就要我滚出秀朗。还羞辱我，要把我调到全县女生厕所最臭的学校去。"

1991 年 1 月 30 日，张培方被迫退休。

忆及当年，张老至今愤愤不平，他说："被迫退休的消息不胫而走，消息灵通的台湾大同公司董事长陈钊炳在正式宣布我退休的前一天晚上，就打来了电话。他说听说你要退休了？问我退休以后要不要再找工作？我当时只想，天生我才必有用，便回答他想再找点事做。陈董问我：'到我们公司来好不好？'我当时都没问他是什么公司，就说好。"

陈老板叫他去做什么？是管理饭店。听到这个安排，张培方自己心中也在笑，教书育人和经营饭店真可谓风马牛不相及也。不过，他还是去了。这个饭店，实际上是一个度假村，叫台北枫桥度假村，五星级，"我当时想，老板一定是叫我卖卖餐票，或者在柜台上做点什么，没想到老板给我挂了个副董事长还叫我兼度假村的总经理。我一听忙摆手说，谢谢你的器重，总经理是一个重要职务，我一天都没有做过生意，纯粹是一个外行，公司里有那么多内行，我当个副董事长已经是受宠若惊了。"

陈老板笑了，说这一辈子我就不相信什么外行内行。我们国军都出身于军校，打仗应该是内行吧，共产党的官大多数没有经过正规培训，应该说外行吧，结果我们内行还不是被外行打得稀里哗啦？你肯做事，就是内行。你不肯做事，内行也变成了外行。我解释说，我做事是肯做事，但绝对是外行。

在度假村里，虽然张培方尊为总经理，但是他待人谦和，体恤员工。度假村生意为什么不好了？员工告诉他，主要是因为取消了中间人的交际费。张总觉得交际费该出就要出，但是又没有把握，怎么办！他关照有关部门，该付交际费的照付，如果亏了，亏的部分从自己的薪金里扣出。经过一段时间的实践证明，按照市场规律运作，生意逐渐好起来了，客房入住率从原来的四成五成，提高到七成八成，有时全住满了。陈老板高兴地说，看来张总不是外行啊。

张培方还利用自己熟悉台湾教育界的优势，写信给全台湾的校长，告诉他们凡是教育界的团队来到度假村，全部六折优惠。接到这个消息，许多校长都率团来了，他们一是来度假、观光，二是来看看张培方这位当年名声赫赫的校长是怎么帮老板打工的。

枫桥度假村红火了。

"听说您在大陆也经营过企业？"笔者问。张老笑着答道："是呀，有一年，我请假去美国过年，因为我的太太和孩子都在美国，还没等我回来，陈董事长就给我来电话，说他要去大陆投资，现在就等你回来做决定。我说董事长投资，等我做什么决定？他说天津有一家企业要倒闭，他想接手投资。你是北方人，如果你肯去当总经理，我就决定去投资。如果你不去，那我还要慎重考虑。我说，董事长，我是你雇用的，你叫我到乌鲁木齐，我也没有话讲。你派我到天津去，我的故乡是河北，那我等于衣锦还乡了。董事长高兴了，说你有这个态度，我明天就签约。天津有一个华纳高尔夫球场，董事长委任我为台北枫桥度假村总经理兼天津华纳总经理。从此以后，我半个月在天津，半个月在台北，在海峡两岸飞来飞去。"

张培方刚接手华纳的时候，看到工人宿舍附近满地丢的都是砖头和木材，于是，他把工人召集起来，请大家把这些废弃的材料收集起来，建造了一座"华纳大饭店"。名曰大饭店，其实就是几间房子。过去，工人的家属来了，住在外面旅馆开销很大，现在职工有了自己的"大饭店"，每天交10元钱，吃饭住宿都在里面了，这个"大饭店"很受工人们的欢迎。说到这件事，张老很有感慨："其实当时我们也没有花多少钱，一个单位的领导人，一定要肯深入基层，一定要有为基层着想的心。"

为圆梦不惜家产

张培方下海经商以后，不仅没有被海水呛着，而且还"海阔凭鱼跃"，深得老板的赏识。但是，了解张老心思的人都知道，他一腔热血还是系在教育事业上。他坦诚地说："这些年来，不管是当董事长还是当总经理，我都在交际和管理，总觉得自己一天到晚在钱眼儿里转来转去，这与我几十年潜移默化形成的理想境界相距很远。每逢夜深人静，梦中萦绕的还是那书声琅琅的学校和活泼可爱的孩子，总觉得自己的理想和抱负仍然在那美好的校园里。"

张老的女儿远在美国，但是，她非常了解父亲的心思。她对爸爸说，你是不是考虑考虑再次办学校？现在大陆也可以创办学校了嘛，反正你也闲不住。此话对张老来说，是正中下怀，他表示可以研究研究。

有的事情往往非常凑巧，难怪有人相信天意。张老为了办学考察了北京、天津、扬州、苏州后到了上海。在上海，他遇到了现在上海台商子女学校的刘副校长，这位刘先生原来在昆山的台商子女学校当老师。从他那里，张老知道他们想在上海创办台商子女学校，可是遇到了一些困难，主要是学校的建设经费。张老觉得这是实现自己办学理想的一个机会，于是接过手来主动与上海教委等有关部门联系。通过各方面的接触，张老认为到上海来办学校，一定要让主管部门看到经济实力和可行性，"我把自己的想法回台湾一讲，我的一位好朋友说，我成为你的股东，我和我太太都参加，我叫我大陆的朋友给你出证明。他的朋友在大陆开了两家电子公司，一家投资了2千万美金，另一家投资了4千万美金。我的朋友把营业执照、投资额等都影印出来，还写了担保书，说张培方在上海筹建台商学校，如果在建设期间遇到任何困难，我们都愿意出面解决，直到他把学校建好为止。我把这些担保材料都交给了上海教委。有关创办台商子女学校的审批手续很快便解决了。"

不过，担保归担保，办学校是要花钱的。张老的女儿在美国有一栋很好的房子，女儿对张老很孝顺，说爸爸老了，过去也没有很好照顾过，这次爸爸要去上海办学校，她也准备跟着去，将来哪怕在爸爸办的学校当个会计都愿意。为了表示自己的这个决心，她女儿把自己在美国的房子都卖了，换到了250万美金。说起这件事，张老都有些激动，他说："如果我的学校办不好，不要说对不起别人，就连我自己的女儿都对不起啊！"

瞻前景晚霞更美

张老没有因为台湾当局的"不予核准"而停止建校的脚步，他决定2005年9月1日正式开学，这是迄今为止在祖国大陆开办的第3所台商子女学校。在此之前，有2000年广东东莞率先开办的台商子弟学校和2001年9月昆山开办的华东台商子弟学校。

张培方董事长向我介绍说："我们学校的校训是六个字：启明，开创，奉献。我们这所学校是真正从娃娃开始培养的，设有幼儿部、小学部、中学部。教学上拥有两岸的优势，既有台湾老师以教台湾课本为主，又融入了上海经典的辅助教材；既以繁体字为主开展教学，又引导学生认得简体字；学英语既以上海教材为主，又聘请外籍教师共同教学。将来从我们学校毕业出来的学生，可以衔接台湾的升学机制回台湾读大学，也可以参加大陆对台港澳侨学生的招生考试，直接进入大陆的高等院校。另外，当然还可以前往国外升学。"

当时因为新校区尚在建造之中，上海台商子女学校招收的第一批150名学生目前暂借龙茗路上的校舍上课，教学内容几乎完全与岛内同步。目前学校聘用了14名来自台湾的教师，总共有50名教职员工。

现在新落成的上海台商子女学校位于闵行区华漕镇金辉路，

占地 2.66 公顷，约合 40 亩。根据规划设计，学校一期校舍建筑面积 2.2 万平方米，设有行政楼、教学楼、游泳池、体育场、图书馆、活动中心、学生宿舍等，各项教学设备先进，学生生活设施齐全。按计划，2006 年 6 月底竣工，至少可以容纳两三千名学生学习和生活，能够常年面对大陆各地的台胞子女招生。启用之初，将开设 14 个班，其中幼儿园 2 个班，小学一至六年级各 2 个班，并逐年拓展至初中部、高中部。这所学校完全由台湾籍人士投资并管理，计划总投资 720 万美金。

2005 年 9 月 29 日上午，上海台商子女学校在新校区隆重举行了奠基仪式，上海市台办、教委、闵行区的领导以及沪上台商代表、台商子女以及新闻界朋友等各界人士 400 余人参加了这个仪式，上海市台协秘书长谢力军代表沪上台商向学校捐赠了 30 万元人民币。

谈到今后的打算，张董的眉宇间展示出了自信，他说："学校平时是靠学费收入维持全校运转的，这一个学期我们计划要赔 310 万，这样的亏损我们有两年的思想准备。办学也并不是一帆风顺的，有时会遇到很多意想不到的困难。但是，不管什么困难，我们只有两个字，克服。现在该走的程序基本上已经完成了，下一步就是要把教学搞好。根据我以往的经验，老师的待遇要提高，不管是大陆籍的老师还是台湾籍的老师，都要有相应的待遇。有了相应的待遇，老师才会安定，安定才会做出成绩，要会算这笔账。"

建学校，张董的理念是要建得很新颖，不能光造几间房子，要建得非常符合教学的需要，建筑结构要新颖，教具也要新颖。教室里面的投影仪、录音机、电脑等设备都要一口气完成，要让人们一进校门，就有吸引力，感到这是孩子的乐园。一进教室，就要感到学习的气氛很温馨。这里老师和学生都住校，这样可以增进师生间的情谊，彼此之间可以缩短距离。学生向老师学习，不仅在课堂上，平时也是向老师学习的机会。比如生活作风的养成，平时就要注意培养，这样家长把孩子交给学校才会放心。

张董满怀信心地认为，无论什么事，只要认真去做，就一定能做好。一所学校，就看教学的质量，学生的成绩好，升学率高，学生自然就会趋之若鹜……

我的采访还在继续，最后一节课的下课铃响了，一群群孩子一边离开教室走向操场，一边还唱着歌，"我出生于台湾岛上，跟随爸爸妈妈奔向祖国落脚上海，上海是我的第二故乡，我要在这里学习，在这里成长……"我被这动人的歌声吸引住了，忍不住走到窗前去看这些唱歌的孩子们。张老也站到了我的身后，他告诉我："这是我们学校的校歌，词是我写的……"我惊喜地回头看着张老，只见晚霞的光辉映红了他那饱经沧桑的脸庞，花白的头发上闪烁着金色的年华……

（原载于《两岸关系》2006 年第 8 期）

好吃的包子叫龙凤
——访上海台资企业协会会长叶惠德

周天柱

笔者与上海台资企业协会会长、上海国福龙凤食品股份有限公司董事长叶惠德的访谈是利用一次会议的间隙提出的，因为彼此太熟悉了，叶惠德一口答应下来，可临到采访前夕，插花的重要约会差一点推掉访谈。好在双方极为重视有约在先，设法"抢救"，把约定的时间提前再提前，所需的时间压缩再压缩，一场争分夺秒、一气呵成的访谈才如愿完成。

做生意从来不亏本

经商者对"亏本"一词最为敏感，可奇怪的是，叶惠德对于这个名词相当陌生。究其原因十分简单，"我做生意从来不亏本，凡亏本生意我不做"。叶惠德的回答只有短短一句话，却勾起了我追踪探秘的浓厚兴趣。

说起叶惠德与面食结缘还有一段趣话，他的姐夫孙登云文化水平不高，却是叶惠德念念不忘的从事食品业的启蒙人。祖籍安徽的孙登云有一手做面条、水饺的绝招，把台南的家庭小作坊拨弄得红红火火。叶惠德大学学的是电脑专业，但受其感染，假期却甘愿放弃休闲，热衷到姐夫的小作坊打工。长期耳濡目染，使"电脑迷"主次错位，对面制品的研究竟超越了电脑。在小作坊里，叶惠德认准了一条不为人们认可的另类观点：要彻底摆脱家庭的清贫生活，以面制品起家，寻求一条为人忽视，但又照样可通罗马的致富之径。

也许正因为从小本经营起家，叶惠德经商的宗旨历来强调：稳扎稳打，步步为营；只做主业，不涉副业。身材不高、具有一副运动员体型的这位董事长在商场如战场的台湾，看得最多的是一夜暴富又转眼跳楼跳江自杀的惨案。奋力攀登难、一瞬崩溃易的教训真是信手拈来，举不胜举。

到底是电脑专业的高才生，正反两方面的案例储存在大脑中，会时时提醒他，独自一人到高雄打拼，务必小心不踩红线。叶惠德谈到这切肤感受时特别强调："今天赢不代表明天赢。亏钱是为了赚钱，可以亏；亏钱不是为了赚钱，就不能亏。"

以这些作为座右铭，叶惠德开始觉得高雄太小，必须到大陆去发展。他一步一个脚印，走得稳稳当当。他对龙凤在大陆的发展大事不用搜寻电脑，便记得清清楚楚。1991 年到大陆考察，一路走过深圳、广州、厦门、福州、北京、天津、青岛，最后到了上海。几经比较，发现上海在大陆的地理位置居中，美食文化氛围浓厚，很适合龙凤产品的发展，于是决定在上海落户。1992 年 4 月，330 万美元的注册资金到位后，同年 10 月动工建厂，一年后龙凤产品就开始上市，可谓神速。

布点慢，建厂快，这是叶惠德一贯的用兵之计。对于这方面的解读他的确深入一层：布点具有战略性、全局性，必须谨慎，全盘考虑，稍一盲动、躁动，就可能带来无可挽回的毁灭性损失。建立工厂纯属战术性，一旦大政方针已定，那就动作越快越好，因为时间就是金钱，快速可节省成本。以进军大陆第一步为例，上海作为龙凤起飞的龙头，新品投放沪上市场后，紧接着就试销到北京，卖得不错，公司上下深受鼓舞。为节省建厂成本，第二个工厂设在天津。1995 年 12 月，天津工厂投产后，源源不断的天津产品开始在华北、东北畅销，目前在东北设点的可行性方案已提上议事日程。这种行事的作风，是脚踏实地、辛勤耕耘的最好范例。1995 年后上海龙凤的产品远销西南、华南地区，人气很旺，公司就将目光聚焦成都、广州，用所赚的钱分别在两地建厂。这里需要指出的是，龙凤不赚钱不盖厂，所赚钱不急于分红，几乎全用于再投资。四个工厂分别投产后，各据一方，辐射周边地区，大大节约了运输费用，降低了生产成本。如此良性循环，哪有亏钱的道理？叶惠德讲到这里，显得信心十足。

传统美食不新则死

长期以来，中国人信奉的一条不变的哲理是，民以食为天。叶惠德绝对是一个聪明人，他将家庭翻身、个人发展的赌注押在美食文化上，当然要竭尽所能，对自己从事的行业做一个彻底分析。龙凤发家的五大类食品：水饺类、发面类、点心类、汤圆类、火锅类涵盖 40 到 50 种具体产品，无论是包子、汤团，还是春卷、云吞，无一不是中华美食文化的传统食品，龙凤要做，别人早就在做，关键在于怎么做。身为创始人，叶惠德的思维定位很清楚，龙凤要力争速冻食品的老大，只有两个办法：一是对大陆各地的食品口味了如指掌，既然是地方风味，一定是原汁原味；二是以精致带动创新，走在食品新潮的最前列。

访谈中，叶惠德自喻为了全面掌控各地风味，那一阵子简直成了空中飞人，东南西北，马不停蹄。他对任何判断所做的结论有两个原则：首先必须是人到现场所获得的第一手资料，不能添加任何主观成分，其次必须经得起反复检验。

叶惠德心里很清楚，了解各地口味，是在做食品资讯的普查，只有普查准确，才能有针对性地开发，而普查的结果令叶惠德目瞪口呆：同样是发面类，南方喜爱甜，不但馅要甜，连面粉也要糁点糖，同时质地力求松软；北方正好相反，口味要咸、鲜，入口要有嚼劲。如图省事，统一口味，同一版本，那非砸锅不可。

从上海工厂启用的那一刻起，叶惠德就有自己的一套产品开发理念。他坚持认为，了解情况后，若只是萧规曹随、按图索骥，那你做得再好也无法获得商机，因为在当地不知有多少人已做了不知多少年。龙凤要后声夺人，唯一的办法是创新。一提起创新，叶惠德不禁打开了话匣子：以南北两地传统美食为例，天津狗不理包子馆以往常常人满为患，当地市民吃了不够解馋，临走还要带几盒回家。但现代社会在飞速发展，喜新厌旧的食品新潮不断涌现。可惜狗不理包子却满足现状，滞步不前，其直接后果是越来越多的年轻人敬而远之。再说江南一带的宁波汤团，简直是捧着金饭碗在讨饭吃。这么好吃的美食，后代人不思进取，躺在祖先的招牌簿上睡大觉，几百年仍一个老面孔。可现代人对美食的观念在不断变化，他们越来越忌糖、忌腻，讲究口感，追求体型，无奈之下，只好忍痛割爱。说完这两个例子，叶惠德显得一脸感伤。

古人曰：前车之覆，后车之鉴。也许是叶惠德对正反两方面的情况了解太多，他小心翼翼地从大陆历史最悠久、食用量量大的南方汤团及北方水饺着手，慎重地进行着一场不为人知、静悄悄的食品绿色改革。作为研发的第一步，龙凤新品的设想采取"三合一"的方法：境外考察研究＋大陆地方特色＋竞争品牌分析，缺一不可。经行销部门过滤，专业厨房研发后，并不急着上市。该产品紧接着面临的是独特而又严格的口味测试，先由内部员工测试，再由消费者把关。如此重复循环几轮，才有资格获得上市证照。

讲到这里，叶惠德着重阐述了两岸有关速冻食品的不同理念。他认为，由于台湾经济起飞比大陆早，岛内速冻食品的理念已全面与发达国家接轨，消费者追求的是品质第一，价格第二，为此生产厂商最重视的是食品安全、营养健康、产品精致、种类繁多。大陆市场拘于消费水准，长期以来仍奉行价格第一、品质第二、美味为主的传统模式。一心要创立中国速冻食品第一品牌的龙凤集团，以超前的意识，主动将台湾理念引入大陆市场。

几乎一夜未宿的叶惠德是个激情的人，侃侃而谈龙凤的发展，毫无倦意。他指出，引入台湾理念谈何容易？内中潜伏着巨大的风险。台湾的理念是以品质做保证，而品质就离不开成本。龙凤的产品以蔬菜和肉类为主要原料，为确保产品品质，蔬菜采用与指定农户协作生产的无公害蔬菜，而肉品符合外销商检规格。从原料进货，到合格验收，前前后后要经过 6 道手续。如此一来，产品的成本自然就高，销售价也就相对居高不下。以水饺为例，当时市场上一般的水饺卖 500 克 2.5 元，而我们公司 280 克要卖 3.5 元，心里不免有点担心，老百姓认不认这个价，可事实最有说服力。第一个月营业额 12 天达到 35 万，第二个月冲到 100 万，第二年的营销额更创下 4000 万的新高。以后又节节攀高，平均年增幅为 10%～15%。

产品价格比市场高，公司全年的营销额又比其他企业高，如此"两高"现象只有请叶惠德自揭内中的奥妙。这位龙凤掌门人并不回避这个敏感话题，快人快语地告诉我：龙凤的产品将健康与美味糅合在一起，顾客吃腻了纯猪肉的水饺，不妨增加一些其他的馅料，比如说荠菜、香菇，或玉米，或虾仁。既好吃，又富有营养，符合现代人求新求变的心理，同时产品的附加值提升，公司的利润也增加了。叶惠德一口气讲到这里，呷了一口茶，又谈起心爱的特色芝麻汤圆。针对江浙一带素有爱吃芝麻汤圆的民俗，龙凤在这方面又下了不少功夫。为保证汤圆皮糯，除了原料精选外，另外在流程上又增加了两道工艺。传统汤圆的馅加的是猪油，胆固醇高，不利于健康，改为植物油，就可放心食用。砂糖拌油，卡路里高，口感差，不受欢迎。那就双管齐下，在减少糖分的同时，注意与芝麻充分搅拌，磨细磨均匀。这一连串的改革，使芝麻汤圆的品质提升了一个档次，从滞销货变为畅销货。

老板应该尊重员工

当我谈到龙凤劳资双方关系时，记忆中绝大多数老板都会显得很紧张，很低调，极力回避这个话题，可叶惠德却坦坦荡荡地与我聊得十分起劲。他认为，劳资利益对立不足为怪，在全球概莫能外，重要的是如何协调、平衡，以求达到双赢。在龙凤历来提倡这样一个模式：两个人的工作让一个人来做，原来的两份报酬拿出一份半给个人，公司、员工都得利，如此双赢，为何不宣扬？！

龙凤的企业文化只有八个字：追求卓越，永续发展。看着似乎很简单，其实绝非如此。在叶惠德的心目中，企业文化不是写出来的，应该是脚踏实地做出来的，而"卓越"与"发展"都离不开员工。为了讲清这个问题，叶惠德以极为诚恳的语气告诉我：不管什么时候，我都认为是员工发薪资给我，而不是我发薪资给他们。因为我不在生产第一线，任何产品全都是员工一个个做出来，卖掉后才使公司赚钱。永远清清楚楚记住员工是你的衣食父母，那你就会从内心深处对他们好。有些老板生意做昏了头，才赚了几个小钱就不得了，对辛辛苦苦卖命的员工拉长了脸，凶神恶煞，却对夜总会坐台小姐大献殷勤。这种荒唐的是非颠倒，最终必然导致企业破产。

我的手机 24 小时开机

2000 年，受众多会员的重托，叶惠德担任上海台资企业协会会长，成了台商家园的"大家长"。在他发表施政演说时，当众向会员代表承诺：为了有效、全方位地为大家提供第一时间的服务，我的自费手机 24 小时开机。时间过得很快，五年多的会长历程，2000 个不寻常的日日夜夜，叶惠德的承诺始终没有变样。而伴随着这五度春秋，在会员的心目中，会长一如往常、热情似火，但里外操劳，人明显老了。台协会被广大台商视为上海之家，家中大大小小的事情忙得会长不亦乐乎，小到春节返台包机订不到机票，台胞证不慎遗失，来沪台胞丢失钱物……大到人命关天的一桩桩突发事件，只要是台商求援求助的事，叶惠德不管认识不认识，交情如何，都事必躬亲，热情相助。走马上任会长之职的第一年，叶惠德预感会有什么突发事件，打破常规，坚持留在上海过年。嘿，他的预感真灵，大年初二就有台商家属从台湾打电话紧急求援，原来当日她的丈夫在沪故世。公安部门现场勘测后认为死者全身无一外伤，属自然死亡，可家属怕内中另有冤情，坚持要解剖验尸，否则绝不同意在上海火化。其实家属要求验尸另有隐情，原来这位台商已投保个人意外险。事发后只有凭事发地公安部门的验尸单，直系家属才可领到高达2000万元新台币的保险费。但这种微妙的关系，人生地不熟的家属又不便直接告知公安部门。双方认知上的差异引发的矛盾，使后事的解决一时处于僵局。接到电话后，叶惠德马上着手与公安部门联系，如实禀告台商家属坚持验伤的原委，穿针引线做好双方工作。很快验尸报告出来，纯属脑溢血意外，其家属放心了。初五在沪火化，初六家属捧回骨灰返台家祭，原来一点即燃的矛盾，顷刻顺利化解。

按照中国民间的习俗，过年碰到丧事会感到不吉利，对于这个问题叶惠德不忘幽上一默：谁叫我是会长，碰到这类事，会长不处理，谁去处理？凡积德的事多做，总会有善报。五年来，叶惠德记不清到底帮助了多少人，捐赠了多少钱物，他只记得凡应施援的，自己都一定尽力而为。

谈起担任会长五年的最大感受，叶惠德直言不讳地认为，身为一会之长，最重要的是勿贪，勿自私。能有机会在这个特殊的岗位工作，又有幸连任，说明会员对我的信任。人生的履历将留下非常有意义的一笔，有这样一条就足够了。你若有任何利用职权的个人企图心，那定会遭到会员的唾弃。

作为公认的台商领袖及已有 15 年历史的"新上海人"，我请叶惠德对来沪台商谈谈投资秘诀。他一言一语郑重忠告：投资绝非小事、戏事，事前一定要详细谨慎评估，尽力找准自己的定位。投资后务必全力以赴，董事长力争常住上海，同时考虑的安全系数要放大。若所需费用是 500 万美元，你必须手头准备 1000 万美元的资金。因为在台湾，土地、厂房都可先抵押贷款，而目前在上海还不行。最重要的是，上海滩藏龙卧虎，你来这里办企业，要准备脱几层皮，只有尽快融入当地环境，才有可能立足上海。

（原载于《两岸关系》2006 年第 9 期）

"华王"发展的奇迹
——访上海市台协副会长、华王集团董事长陈庐一

周天柱

现代科技似和煦的春风，让塑料业"百花"争艳，而异军突起的吹塑业的飞速发展，带动了吹塑机械的蓬勃兴起。但有谁会想到，在强手如林的吹塑领域，总共才12年创业史的华王集团，竟会后者居上，成为全球吹塑机械的龙头老大！而更不可思议的是，当初毛遂自荐，被推上总经理宝座的陈庐一，竟是一个从大学毕业不久、对塑料机械行业知之不多的愣头小伙子。人们在由衷感叹之际，一定会好奇地探询：究竟是什么造就了"华王奇迹"？

静思训练

个头不高、皮肤白皙、小平头下架着一副黑框眼镜的陈庐一，给人的第一印象是一介十足的书生。当我如约与他在集团总部2楼会客室刚一坐下来，向他谈起此行的初衷时，他笑了笑，先让我稍坐片刻，一个电话，一下子来了10多个员工，鱼贯走

入会客室一侧被称为"慧场"的训练馆。"慧场"足有 30 多平方米，馆内放了大小如一的 20 多个锦黄缎的坐垫。当伴奏音响起，盘腿静坐的员工娴熟地做起准备动作，摇摇头，扭扭腰。音乐声一停，全场静寂，个个闭目沉思。大约 10 多分钟后，才精神焕发地离座而起。趋前细细一问，才知此谓静思训练。

重新在会客室入座的陈庐一从墙侧的书柜里取出好几本书，其中有一本书的书名特别有意思，叫作《从静思中提升智慧与自我和谐》，据说此书现已列入集团员工的文化教材之一。身为教材的撰稿人，陈庐一对潜心研究、独自创造的静思训练很有一套学问，讲话时镜片后透露的是自信的眼神："我们处在纷繁世界，每天要处理许多事情，若心浮气躁，往往会给我们带来很多不必要、原可避免的失误。面对如此现状，我们该怎么办？"想不到喜欢思索的陈庐一先给我出了一道难题。停顿片刻，这位"华王"的掌门人告诉我：华王人经不断地琢磨，在实践中想到了古人提倡的静思。他形象地把我们的头脑比作一台电脑，把静思比作杀毒软件。杀毒软件可以对脑海里的东西进行扫描清理，把不好的东西清除掉，从而使头脑的运算速度加快，留出更多的内存空间，用来安装新软件，接受新内容。这些年来该集团员工从静思训练中尝到了甜头，工作效率、抗干扰能力大大提高。现在他们不但坚持晨练，其他业余时间也乐此不疲。

三态管理

陈庐一独具匠心地提出了一个新名词：三态管理。他若有所思地说："我这个人有一个习惯，思考问题不就事论事，爱追根究底。世上360行，同一个行业，有些企业能够长期生存、发展，有的往往昙花一现，火红一时，很快就消亡了。究其原因，不外乎两条：一是外因。社会在快速发展，这就要求企业必须不断创造出更新更好的产品，来满足人们不断增长的物质需求。若做不到这一点，那就难逃破产的厄运。二是内因。社会意识形态不断演进，人们的观念也随之更新。这一切渗透到企业，最头疼的是固有的管理模式难于与其相适应。如果企业的管理循陋守旧，故步自封，不能使自己的管理不断适应变化了的市场，将会导致企业人心涣散，人才流失，那企业必然一步步走向衰亡。"

陈庐一认为，随着市场经济大格局的大洗牌，一种全新的、充分运用"文化运作"的企业管理模式成了知识经济的新里程碑，"华王"的三态管理正是企业文化的集中体现。为了便于阐述清楚，他手拿一支笔，在纸上快速画了3个圈，圈内分别写上液态管理、固态管理、气态管理。"华王"的企业管理引用物理学的原理，将其分为液态、固态、气态三种管理模式，这与现在社会的人治、法治、德治相呼应。液态管理是一个企业的初始阶段，一般由老板或少数几个干部说了算，凭他们的意志来指挥生产，比较具有随意性，因此形象地称为液态管理。当企业逐步壮大后，人为的流动管理不仅不能适应企业的运转，甚至会导致管理混乱，制约企业的发展，因此就需要制定必要的规章制度，把企业的管理纳入制度化的轨道。规章制度界限分明，不轻易改变，故称之固态管理。"可是问题又来了，"陈庐一强调，"现代社会发展实在太快，市场的激烈竞争，需求的日新月异，迫使企业必须务求创新。但这时制度的滞后、管理的脱节等弊病，会导致企业的运转不灵，进而空转、倒退。若长期处于如此危险的境地，倒闭是唯一的出路，为此就需要第三种管理模式，这就是企业的文化理念。它能够规范、调整液态、固态管理范畴之外的与企业利害相关的思想、行为等，营造企业内部和谐的工作氛围，持续优化人际关系。这种无形、及时、有效的管理模式，我们称之为气态管理。不过，需要指出的是，三态管理相辅相成，缺一不可。但全新的气态管理无所不在，无时不在，更灵活、生动、长久，依靠文化理念、哲学思维维系，在实际运用中取得了较好的效果。"

善解瓶颈

如同其他企业一样，华王集团要发展，必定会遭遇瓶颈问题，如何顺利解开瓶颈之困，是对企业主的智慧考验。

所谓的瓶颈之困明摆在那里，集团精心挑选的各类人才，经过长期企业文化熏陶和专业培训，个人的能力不断上升，进而一步步提升，不用很久，就顺理成章地成为高级主管。但任何企业职位的发展空间总是有限的，不可能永无止境地提拔，因为整个企业老板只有一个。于是这些跃跃欲试的人才因怀才不遇，因待遇福利往往不辞而别，自立门户，与老东家恶性竞争，搅得天昏地暗。太多的反面例子，严重制约了许多企业的正常发展，所谓"患难易共，富贵难同"。这个问题必须正视，早解决比晚解决好。陈庐一经不断苦思，再与董事们反复探讨，决定大胆地向原来的集团体制开刀。2005 年 10 月，由集团董事会出面，制定了《人才发展宪法》。台资企业自定发展宪法，这倒是一件闻所未闻的新鲜事。

上海老台商
SHANGHAI LAO TAISHANG

此刻仔细翻阅手中的这本华王集团的根本大法，白色的封面、封底，力求突出此法的权威、庄重。总共六章的内容，言简意赅，条理清晰，尤其是第四章"发展人才"，实在是一大创新。该章第15条"股份制"明确规定，集团将其经营的企业中由集团投入股权中的20％，以人才接掌时的股值出让给进入此阶段的人才。而第16条"老板制"则更进一步强调，经过参与股份制合作的锻炼，集团下属企业的股东人才可以自愿地逐步向"老板制"的方向过渡，并具体规定：人才每年可以购买集团在其任职企业的股权总数的7％；每年根据经营情况，量多可以购买4次，即购买总数不超过28％，最多与集团在股份制时期出让的股权合计拥有经营的企业股份48％；人才在拥有企业48％的股份后，可以通过企业董事会要求对外再投资，进行企业扩张或新的领域开拓；当企业发展到一定阶段，人才可以建立新的投资公司或以集团公司的模式经营管理，其规模不受限制，完全可以超越集团。

这部发展宪法一颁布，立即在集团内部，乃至同行业中激起强烈反响。在华王，人才可以当老板，这给人才的发展提供了广阔、安全的大舞台。企业给人才如此厚遇，人才自然安心工作，自我残杀的隐患荡然无存。近年来，在集团的大力支持下，"华王"的高级人才先后成立了聚宝、福缔等5家公司，"华王家族"越来越兴旺，大大促进了集团的可持续发展。

由此可见，创新——永远是华王集团不可或缺的主旋律！

（原载于《两岸关系》2006年第12期）

上海出发强击全球
——访上海台协会副会长、夙鑫控股有限公司总经理徐钲鉴

周天柱

迎着初春的细雨，记者驱车踏访了坐落在上海西区的夙鑫控股有限公司。十年前记者曾采访过该公司在沪上的第二家子公司——上海宜鑫实业有限公司。十度春秋，转眼即过，如今这里已成为夙鑫控股有限公司在全球运营总部的所在地，是"夙鑫"全球的"心脏"。

天时地利人和

深入采访，第一要务首推解读"夙鑫"，可除非你是"夙鑫"的创始人，否则你要弄清楚它的家底，还真不容易。风风火火的创业生涯，不知不觉已给眼前的这位总经理的两鬓染上了斑驳白霜，前额的皱纹烙下的是以往岁月的深深印记。徐钲鉴见到记者的第一句话就是："上海真是夙鑫的福地啊！"而这发自肺腑的衷情表白，极为精练地点出了"夙鑫"十年的天时地利人和。

由台北高级商科学校商业会计专业毕业后，徐钲鉴在岛内闯

荡了六年多，工业配件、注塑机、烘干机、各款线材，所触及的行业不算少，诱人的第一二桶金也相继挖到，但留给他的最大感觉是台湾的天地太小，要进一步拓展空间谈何容易！他尝试着走出去，看看岛外的空间到底有多大。

初创的第一步徐钲鉴走得很小心。1989年奂鑫马来西亚有限公司成立，生产传真机马达及各种线材，这是他与董事长徐鸿钧的第一步棋。虽旗开得胜，但油然而生的是一种说不出的失落感：语言不通，习俗不同，要做到无障碍交流，难啊！

台湾当局开放岛内民众赴大陆观光、旅游，徐钲鉴决意到大陆走一走，看一看。1991年终于有了一个机会，他随团从广东、福建一路走来，最后一站是上海。站在车水马龙的外滩目睹四通八达的沪地海陆空交通，徐钲鉴真的陶醉了。尽管当时上海的繁华与台北还有一定的差距，但身为投资人棋高一筹之处即在于着眼未来。二三十年代的台北经济也很落后，可20多年后台北不就奋然跃起了吗？上海的面积比台北大20多倍，腹地纵深，市场广阔，人才辈出。"奂鑫"主要从事电脑、家电、消费性电子产品的硬件生产必不可少的几大要素——充沛的土地、高素质的人才、便捷的交通，这里全都具备。此番不干，更待何时？！

凡熟悉徐钲鉴的人都清楚，只要他认准的事，不过夜就要干起来。考察一结束，徐钲鉴返台后的第一直觉就是，这一辈子自己可能将成为"新上海人"。他跟投资团队几经研究，订立的发展方略十分务实，拓展脉络极为清晰。1993年投资1000万美元，开设了坐落在上海青浦的上海奂鑫电子有限公司。这是奂鑫在黄浦江畔的处女作，主要从事电话零部件、电源线、电脑线的生产。随后其生产经营的迅速火红，投资回报的快速收回，大大出乎股东们的意料。这一炮打红之后，一发不可收拾。1996 年投资 1010 万美元的上海宜鑫实业有限公司开业，主业瞄准的是笔记型电脑模组、键盘、鼠标、电池盒等产品；1998 年，又是 1000 万美元的投资，催生了上海曜鑫工业有限公司，伺服器及电子产品的冲压件成了该企业的主打业务；2002 年 4 月，由控股公司董事会斥资 2500 万美元，上海展运电子有限公司电脑零部件组装流水线正式启动；一年后，拥有 1400 万美元资产的上海奂亿科技有限公司推出的重点产品是计算机底座；2005 年 6 月诞生的上海达鑫电子有限公司，主要是解决各子公司生产线的后顾之忧，自行开发的各式模具足以满足自身的需求。从上海出发，奂鑫控股有限公司的脚步没有停止，敏感的触角又适时向内地延伸，昆山、苏州、山东等地子公司生产的打印机、印表机、扫描仪大受国际著名品牌欢迎。1997 年 6 月，在"奂鑫"的发展史上是永远难忘的日子，奂鑫控股有限公司公开发售的股票在新加坡主板市场挂牌上市，这标志着"奂鑫"从此进入一个新的里程碑。

秉承独特理念

细细观看奂鑫控股公司的视讯简报，其独特的集团架构令人惊讶。历经 13 年的潜心经营，当初的一个"奂鑫"已经成功地繁衍为十几个孪生兄弟，而子公司皆自负盈亏，优化组合，自成系列，又互为补充，形成了良性竞争的态势。若从定量来分析，目前"奂鑫"的主款产品已占全球市场的 30%；年营业额从 1997年股票上市初期的 6500 万新加坡元，剧增到 2006 年的近 10 亿新加坡元，足足成长了 15 倍，同比增长 35%，全球的排名一跃进入三甲。如此骄人的业绩，使徐钲鉴获得董事会更多的支持。

随着采访的深入，有一个问题使我感到不解：作为控股公司，不断增设子公司势在必行，可十多年间平地冒出十几个子公司，有这个必要吗？日常又如何加强管理？真想不到这正是"奂鑫"的高明之处。徐钲鉴指着奂鑫家族的分布图，笑呵呵地说道：理性分析公司的生产规模，大陆、台湾的理念不一样，境内、境外更不一样。大陆的公营企业求大求全，台湾及境外的公司正好相反，小、快、灵是不二的选择。凡投资者在追求回报的同时，十分注重规避风险。就这个角度而言，企业启动初期投资规模相对小一点，投资风险也就随之小些。而控股公司掌控一些经营规模适当的子公司，应是最佳组合。国际著名品牌，如东芝、索尼、戴尔、惠普、华硕、宏基等是我们的铁杆客户，十多年的天然联盟关系已使双方关系密不可分。其中很重要的一条是控股公司旗下的许多子公司都与对方有业务往来，只要找"奂鑫"一家公司，就能解决一系列问题，效率高，速度快，彼此熟悉，互相信赖，何乐不为？！至于如何加强各子公司的日常管理，徐钲鉴强调的是，各子公司都有各自的管理团队，总公司的职能就是制定规划，明确职责；研发产品，协调发展。如果子公司不是各自为政，各尽其责，那总经理即使有三头六臂也会顾此失彼！

乐做新上海人

随着上海在国际的知名度迅速提升，"奂鑫"在本行业的客户越来越多，以前为推展业务，徐钲鉴无奈成了"空中飞人"，现在是客户争着来公司洽谈业务，为的是能看看上海，看看

"奂鑫"。

自从 2000 年举家移民上海后，徐钲鉴对浦江两岸日新月异的进展更为关注，因为他已成为"新上海人"。在新的一年，"奂鑫"的最大亮色是将要进军汽车零部件领域，实现主营业务的又一次飞跃，而电子硬件产品也将从原先的轻、薄、短、小，向优、柔、效、省转变。

直面挑战，永续发展，这是徐钲鉴的心愿，也是他的信念。

（原载于《两岸关系》2007 年第 3 期）

嫁给事业
——访上海元祖食品有限公司董事长张秀琬

葛凤章

如果你来到上海，会发现许多车身喷着"Ganso 元祖"图案的巴士在穿梭。特别是那醒目的玫瑰红招牌，遍布了上海的各个区县。"元祖"是一家专门生产糕点的食品企业，是大陆食品业界的一个知名品牌，在上海，它的名气可以称得上是家喻户晓。对于"元祖"生产的食品，市民的评价是：香甜可口，品种多样，包装新颖。

这家企业的掌门人——上海元祖食品有限公司董事长张秀琬是一位既善良温和又精明强干的女性，人称"糕点皇后"。然而，她的人生经历可不像她的雅号那样轻松、甜美，而是充满了创业的艰辛与苦涩。

10 万嫁妆创立"元祖"

1953 年，张秀琬出生在台南屏东县一个贫寒的农民家庭。她 4 岁那年，父亲就因病过世了，母亲用自己羸弱的肩膀挑起了全家的生计。每当回顾起自己的童年，张秀琬印象最深刻的就是两个字："贫穷"。她说："我一直自信可以闯出一番天地，可以拥有自己的事业。即使结了婚，生了孩子，这个信念也没有动摇过。我要创业。"

张秀琬是在 28 岁那年决定开始创业的。凡是经历过创业的人都会有这样一条经验，那就是创业要有"三本"：一是本钱（资金投入），二是本业（精通的行业），三是本人（亲自参与）。这三条对于张秀琬来说，最困难的就是资金了。在缺乏资金的情况下，创业选择什么行业呢？她想到了食品。做食品，规模可大可小，投资可多可少。

张秀琬拿出了当年原本准备办嫁妆的 10 万元新台币，和她先生一起开起了前店后厂的食品公司，"当日像我们这样的穷人家能凑到 10 万台币办嫁妆，已经是一件很了不起的事情了，所以我结婚都没舍得用，没想到后来竟然成了自己的创业基金。"张秀琬感慨地说。

当时"元祖"生产的第一种食品就是"麻薯"，相当于上海的糯米团子。为什么选择这个品种呢？张秀琬说："那是我出的点子，因为我考虑像自己这样的小作坊，生产的品种必须是老百姓所熟悉和喜欢的。当时台湾民间盛行走亲送礼的风气，我就把这种普通的食品在包装上礼品化。虽然价格不贵，但看上去很体面，拿得出手，大家都很喜欢，开业后的第一年我们的生意就很好。由于我们的生产能力有限，顾客有时甚至要排队才能买得到。"

那时候，张秀琬和丈夫配合得很好，一个爱出点子，一个勇于操作。看到"麻薯"的需求量越来越大，夫妻俩买了一台自动包馅机。有了这种机器，只要放进皮和馅，一颗颗包好了的"麻薯"就滚出来了。就这样，张秀琬从手工生产过渡到了机械生产。煮熟了的糯米团一包上红豆馅，马上就可以吃，非常新鲜。买的人很多，其顾客盈门的状况完全出乎他们夫妇俩的意料。看来一家店已经不能适应需要了，张秀琬准备再开第二家。

当时开店遇到的最大困难就是缺钱，张秀琬拿出了一年的全部积蓄，但还是不够。她只好向别人借。就这样，她省吃俭用，一边生产，一边积累，竟然连开出了 4 家店。

1981 年，张秀琬在台北的万华正式创立"元祖食品"。"元祖"这两个字有一点创始和永续的意思，又有一点霸气。张秀琬要做一个创始者和开拓者，她觉得这个名字比较符合自己的本意。

有了工厂，有了门店，也开始有了管理问题。在事业的发展过程中，张秀琬感觉到自己在管理方面知识贫乏，于是，她下决心一边工作，一边学习。白天，她要管生产、管销售，还要管小孩；晚上，她要去读书。整整 6 年时间，她用坚强的毅力，学完了初级会计、中级会计、成本会计和管理会计等课程。回顾那时候的生活，张秀琬说："是很辛苦，白天要工作，要带孩子，晚上还要学习。孩子读小学、幼稚园，回来要做功课，我读夜校也要做功课，我们母子经常是同桌一起做功课。那时候，我每天只能睡五六个小时，所以我很感谢父母给了我一个健康的体魄。不过，要坚持几年如一日，只有靠毅力。一个人有了目标，有了追求，才会有毅力。"

求发展移师上海

张秀琬在台湾苦苦创业了八九年，门店发展到了 20 多家，善于瞻前顾后的她已经开始为下一步着想了。台湾只有 2300 万人口，食品业的竞争尤其激烈，下一步她该怎么办？

那时候，两岸之间刚刚开放探亲旅游，许多台湾人希望能到隔绝了 40 多年的大陆去看一看。1989 年，张秀琬也加入了旅游的团队，从九龙搭火车到了广州。张秀琬说："那时候对大陆陌生到害怕的程度，我坐在车厢里，看到月台上有人走过来，都会下意识地往后闪。台湾的长期宣传，使我满脑子觉得大陆可怕。这次去了桂林、西安、北京、无锡、上海、杭州等地，走了不少地方，才觉得大陆并没有想象的那么可怕。"不过，与其他旅游者不同的是，张秀琬的注意力不单单在山水，而是聚焦于市场。她敏锐地察觉到，大陆的市场实在是太大了，发展空间太广了，她觉得应该到大陆来发展。

1991 年，她决定进军大陆，和先生一起来谈合作，并把发展的立脚点选择在上海。在上海，张秀琬找到了一个合作伙伴，它是虹口区四川北路上的一家食品厂。双方都有合作诚意，谈得很顺利。1992 年 12 月签了合同后，张秀琬回台湾去过年。那个年她过得特别开心，因为她看到自己的事业有了新的希望。连她自己都没有想到的是，上海方面只筹备了短短 67 天，第一家"元祖"就开门迎客了，这个速度令她兴奋和惊讶。

谈到这"第一家"，张秀琬很有感情："我们那第一家店就在苏州河北桥头，粉红色的招牌格外吸引人们的眼球。因为当时上海街头的颜色还比较'素'，所以很多上海人从店门口走过，都称赞店的门面修得漂亮。有人还以为是珠宝店，没有想到是卖食品的。我们的门店不仅门面漂亮，店堂布置也很考究，给人以整洁新颖的感觉。拿现在的眼光来看不觉得特别，可是在十几年前的上海，还是很前卫的。"

"人生要像蝴蝶兰一样顽强，要像蝴蝶兰一样艳丽。"在默默的誓言中，张秀琬已经在上海度过了 15 个春秋。对她来说，这的确是不平凡的 15 年，也是事业走向辉煌的 15 年。张秀琬虽然是女性，但是她敢闯敢干，用她的话来说，是骨子里就喜欢冒险，有很强的企图心，有一点巾帼不让须眉的精神。

来到上海后，张秀琬觉得上海的食品比台湾落后许多，于是便全盘移植台湾的做法和经验。后来，她发现这是一个很糟糕的做法，上海人与台湾人的饮食习惯和接受产品的观念上有许多不同。在台湾"元祖"生产的糯米团子很受欢迎，可是搬到上海来生产，上海人觉得这是一个层次很低的东西，放在这样漂亮的店里卖，想买的人都不会来。经历了两个多月的失败，张秀琬赶紧调整了产品结构，以生产高档蛋糕为主，同时佐以其他的礼盒。因为生产的品种统筹考虑了上海人的喜爱和台湾风味的特色，很快就被上海市民接纳了。

在无情的市场压力面前，张秀琬不断地革新，不断地完善，如今，"元祖食品"在上海的门店已经达到 58 家，遍布了上海的 19 个区县。

1999 年她嫁给事业

张秀琬在上海的事业有了蓬勃的发展，然而，就在人们羡慕她的成功的时候，张秀琬却在默默地吞食着婚姻破裂的苦果。

说到这些，张秀琬很辛酸，也很内疚。在熟悉张秀琬的台商和她的亲朋好友眼里，他们夫妇一直是众口赞誉的模范夫妻。既然如此，那么为什么原本美满的婚姻会破裂呢？原因只有一个，当她的先生请她考虑选择家庭还是选择事业的时候，她选择了后者。"先生不愿意放弃台湾的根基，所以不愿意举家迁徙到大陆来。"张秀琬忍受着心里的痛苦，倔强地选择了事业。她先生说："你的事业就那么重要吗，难道我和两个儿子都抵不上你的事业吗？你既然是一个嫁给事业的女人，那你就嫁给事业吧。"1999年张秀琬与丈夫离婚。

忆及当时分手时的情景，张秀琬至今仍有几分伤感："当时我很痛苦，抱着小儿子哭。问他，妈妈该怎么办？孩子很乖，说妈妈你选择自己想要的人生。我也想了很多，但是我认为没有第二种选择。当时很多亲戚朋友觉得奇怪和疑惑，好端端的一对模范夫妻，怎么说散就散了呢？现在七八年过去了，看看自己走过的路，我没有为自己的选择而后悔，虽然那是我一生中最不情愿的选择。"

离婚以后，张秀琬减少了回台湾的次数，全身心扑在事业上，用心血、智慧、汗水，甚至泪水浇灌这朵"元祖之花"。她把红蛋、青团、粽子、月饼、蛋糕……这些看似平常却又传承着中华文化的传统食品精工细作，不断开发民众喜爱的新品种。她根据时令和节庆安排生产，过年有年糕，乔迁有喜糕，九九有重阳糕……在生产实践中，张秀琬体会到，做传统食品不等于照搬承袭，完全可以改革创新。她改变端午粽子的制作方法并命名为龙粽，让中秋月饼包冰激凌，使这些人们原本习以为常的食品焕发出新意，开辟了滚滚财源。

随着企业生产规模的扩大，上海虹口区的工厂已经满足不了需要了。2002 年 6 月，张秀琬在青浦区赵巷批租了 106 亩土地，经过 1 年的建设，新厂房竣工落成了。如今驱车经过 A9 高速公路，在赵巷出口处，一座建有巨幅"元祖"字样的大楼格外醒目，这里就是张秀琬的总"指挥部"。这座大楼建筑面积 25000 平方米，其中生产场地占了八分之五，办公室占了八分之二，而启蒙乐园则占了八分之一。

张秀琬认为，作为企业主，有能力回馈社会是一件值得骄傲的事情。在"元祖"的这个启蒙乐园，各种儿童游乐设施一应俱全，每个月要免费接待近 10000 名 3～6 岁的学龄前儿童参观和体验糕点制作的全过程。记者采访的那一天，正好有一批欧洲妈妈带着孩子们来到启蒙乐园参观。记者和小朋友一起转了一圈，忽然领悟到了张秀琬不惜资金和场地创办这个乐园的良苦用心，这的确是一个企业形象宣传的高招。如今孩子的喜好往往影响到一家人和周围的一群人，孩提时代的美好记忆是一辈子都难以忘怀的。有这么多孩子和他们周围的人记住了"元祖"，这不仅产生了企业的品牌效应，而且可以让"元祖"代代相传。

谈及企业今后的发展，张秀琬说："味美而且健康是'元祖'的定位，为此，我们花了很多成本。企业每前进一步，都要付诸许多努力。任重道远，'元祖'尚需努力。"望着张秀琬自信的笑容，记者衷心祝愿"元祖"在祖国大陆生根发芽，大展宏图！

（原载于《两岸关系》2007 年第 3 期）

立足两岸　乐搭鹊桥
——访台湾区电机电子同业公会驻大陆总监徐汉康

周天柱

你若没有当面了解，就根本无法想象此刻坐在我面前的这位花甲老人的工作周期和节奏：老当益壮的徐汉康默默为台湾区电机电子工业同业公会（简称台湾电电公会或公会）奉献了25年，亲眼见证了岛内电机电子产业30年的辉煌，担任总干事一干就是10多年。想不到卸任退休，又被公会委以重任，2003年11月，他以驻大陆总监的身份，来沪一手筹建了上海联络处，继而开设了大连、杭州联络处，现又积极筹备厦门、深圳等地的联络处，并将进一步向中部、西部发展……刚刚从杭州返沪，又马不停蹄地忙着会见大连台协会会长，参加南通地区投资说明会。会员厂商都说，他的头脑如电脑硬盘，两岸的有用资讯瞬时储存，华东、华北编为网络，长三角与珠三角连成一片。

雄居榜首连创第一

台湾电电公会驻上海联络处坐落在上海西区不起眼的中春路

上，处事向来稳健的徐汉康讲求效率，却从不爱张扬。他介绍公会时充满了笃厚情感：随着台湾经济的起飞，岛内的工业团体如雨后春笋般涌现出来，如今光制造业的工业团体就多达146个，但论专业、规模，电电公会当之无愧雄居全台榜首。1948年电电公会成立之初，当时的名称是"台湾区电工器材工业同业公会"，这印证了那个时期岛内的电机电子产业是以电器、家电的装配、修理、加工为主，会员厂商仅50多家。20世纪80年代逐渐转型成为资讯高科技产业，其行业产品的出口值一举超越纺织业，成为台湾第一大出口业。此后20多年，会员厂商的出口值与产值均保持持续增长，不仅双双高居第一，更占据了全台出口总值、总产值的半壁江山。现公会会员为4000多家，从属员工约70万人，囊括了电脑资讯、通讯、半导体、光电、照明、家电网络服务、汽车电子等15个行业，是公认的台湾工业的核心产业。

为顺应产业的转型发展，1997年公会正式改名为"台湾区电机电子工业同业公会"。几十年来，公会的影响与日俱增，高层领导却一直保持低姿态。这一高一低的截然对比，给兄弟公会留下了深刻印象，也引起了大陆各界的高度重视，近几年，每年公会接待的大陆参访团均多达70个以上。

谈起几十年为之奉献的公会，徐汉康一脸兴奋。他感到自豪的是，在半个多世纪的岁月中，公会创造了无数辉煌的业绩：最早协助会员组成研发联盟，举办大型展览、电脑E化与服务数码化均为第一，提供大陆地区投资环境评比首执牛耳等。在采访中，徐汉康指出，公会服务的主题是技术提升、市场开拓、资讯提供、人才培训。在这四项中，会员厂商十分看重产品的技术提升，因为这是企业的立业之本，而为了协助会员进行产业研发，公会尽其所能，不遗余力。1991年，公会首度将46家岛内的电子企业与台湾工业技术研究院电子所组成"笔记型电脑发展策略联盟"，全力进行笔记型电脑的开发、创新，仅花了一年多时间就捷报频传，硕果累累，近年来策略联盟从初期的水平组合推进到垂直联合。这种顺应市场的变化，极大地提升了大中型企业的积极性，使大陆台商受益匪浅。台资企业在全球笔记型电脑中所占的比重，2004年为72.4%，2005年上升到82%，2006年又上一层楼，达到86%，而这当中绝大部分为大陆台资企业的生产成果。

两岸合作互利双赢

随着20世纪90年代初越来越多的会员厂商赴大陆投资经营，公会的服务功能必须适时延伸的呼声越来越高。进入新世纪，在长三角、珠三角设厂的台商几乎遍地开花。鉴于此，公会的服务跟进决策终于提到了日程。

电电公会上海联络处的建立，使公会为长三角台商就近服务成为现实。经过3年多零距离的接触，徐汉康敏锐地发现，台商赴大陆投资经营的形态已发生了很大变化：早期的沪台合资，现几乎清一色地转为独资；由劳力密集型，走向技术密集、资本密集；由原先的单一产品，逐步形成完备的上中下游产业体系，而投资的区域从南向北、由东往西发展。徐汉康特别看好大陆台商电机电子产业上中下游结构的不断完整，认为这整合了两岸电机电子业的各自优势，使客户可以获得最合理的价格、最佳的品质、最优的服务、最快的交货期，从而构筑了物美价廉的市场空间，足令欧美日商啧啧称许和羡慕。

针对岛内有人一味鼓吹电机电子行业的台商赴大陆投资后，会逐渐掏空台湾的产业链的言论，徐汉康持不同见解。他指出，目前此行业的真正态势是台商立足台湾，两岸分工。大陆台资企业绝大多数是岛内母公司的分支企业，两者有着明显的分工。母公司着重技术的开发、研究、推介和产品的订单、销售，分公司则重在投资、经营、生产。要打造完美的品牌体系，这两者缺一不可。一方面大陆台资企业的生产规模不断扩大，创汇的利润逐年增长；而另一方面这些企业向台湾采购电机电子产品零部件的数量也同比激增，两岸电机电子产品的产业内贸易增幅惊人。据不完全的统计，20 世纪 90 年代，台湾向大陆出口的产品中，电机电子产品所占的比例停留在 18% 左右；到了近几年，已上升到43%，其中很大一部分是大陆台商企业急需的产品零部件，这是谁都无法否认的一个明证。

由于长期为台商服务，又重点着眼于两岸交流，徐汉康以见证人的身份呼吁两岸电机电子业的合作应尽快进入一个新的阶段：一是两岸应加强海外市场的开发。鉴于目前两岸的产品档次仍有区隔，采取各种策略联盟，台湾可以协助大陆提升产品的附加值，扩大相关市场商机，大陆则可直接协助台商扩大在国际市场的占有率。二是两岸应尽快制定产品的新标准与新规格，协作研发新技术、新产品，这在当今产销领域尤显重要。三是两岸应尽早建立产品与产品以及企业与企业之间相互承认的验证与认证制度。由于现今两岸的经贸往来非常密切，其中又以电机电子业为最大宗，因此为促进两岸经贸交流持续发展，上述两项验证与认证制度的建立刻不容缓。

猪年发展非比寻常

猪年，徐汉康忙得几乎连轴转。由他担任董事长的金展（杭州）会议展览有限公司，今年的重头戏是全力筹备 9 月在杭州举办的 2007 中国杭州国际电子信息博览会。此次博览会由商务部及杭州市政府、台湾电电公会联合主办，其主题是新商机、新数码、新世界。台湾电电公会理事长许胜雄十分看重此次展会，认为是面对 21 世纪的潮流趋势、扩大竞争力、发展新优势、促进企业永续发展的新一波的布局。

自 3 年前台湾电电公会参与主办亚洲半导体产品高峰论坛以来，今年已是第 4 届了，该论坛已成为亚洲地区最具指标性的国际大展，参加者无不热棒。今年下半年，还要举办台商高阶主管系列研讨会。这类研讨会由于针对性与实务性强，与会者感到特别解渴，因此极受欢迎。而近日徐汉康代表电电公会与上海市多媒体行业协会签订的"共同推动华人数字媒体产业走向世界合作交流框架协议"，具有不同寻常的意义，它进一步拓宽了公会与上海乃至大陆有关方面合作的领域，将使双方结为更紧密的战略伙伴关系。

采访即将结束，精神矍铄的徐汉康对未来充满信心。他一再强调，凭中国人的聪明才智，两岸的电机电子产业一定会威震海内，大有作为。

（原载于《两岸关系》2007 年第 5 期）

追求"传奇"

——访台湾华威集团董事长郭承丰

葛凤章

在上海浦东地铁 2 号线张江站的对面，有一个休闲广场，这里不仅有风味小吃、音乐西餐和养生美味，而且有服饰订制、健身美容、书画展览、文艺演出等精彩的服务项目。每逢周末和节假之夜，广场里灯火辉煌，人头攒动，热闹非凡。这个集购物、美食、艺术和休闲、娱乐、时尚为一体的广场名为"上海传奇"，创办者就是台湾华威集团董事长郭承丰先生。

笔者问起广场命名的理由，郭承丰说："上海的进步速度令我惊讶，如不是亲眼所见，那简直就是传奇。我是学广告传媒的，喜欢追求传奇，因此，我觉得'上海传奇'这四个字最合乎我的看法了。"在上海进步与发展的洪流之中，郭先生对自己的未来充满憧憬。他要把这个面积达两万多平方米的上海传奇休闲广场办成能与纽约、香港、巴黎著名休闲场所相媲美的高素质高魅力的亮点，为当地民众创造优质的、有品位的艺术休闲生活，让人们感受到一种精致时尚的社区氛围。

探究"上海本色"

说到来上海创业的时间，郭先生承认自己没有太太王小虎来得早："我 1989 年到过上海，那次是北京经贸部邀请台湾十大广告公司的老板，访问了广州、上海、南京和北京，不过那时的上海真是没法和现在比。想到上海来投资，是我太太的主意。1994年，她的公司承接了上海浦东汤臣高尔夫球场的规划和广告的业务，经常到上海和北京。来的次数多了，小虎喜欢上了上海，告诉我要在上海买房子，叫我也到上海看看。"

买了房子以后，郭先生经常来住住。几次往返于沪台之后，他对上海的感觉越来越好："感到上海真的不错，海纳百川，有包容性。经济进步快，文化品位高，做什么都力求得最好。上海的进步速度也令人惊讶，我五六年没来，浦东已经完全变了样子，几百部吊车在运转，气势恢弘。"

郭承丰随着太太从台湾移居到了上海。在上海做些什么呢？他们夫妇俩发现上海的广告业大有可为，于是成立了广告公司。郭先生认为，光有公司还不行，一定还应该有自己的品牌。他要创立一个体现上海特点的品牌，最后决定这个品牌的名称为"上海本色"。到过上海的朋友也许都会去"新天地"，那是一个将老式石库门居民住宅群改造而成的旅游休闲区。郭先生在"新天地"里萌发了灵感："'新天地'每年有上千万的观光客，他们逛了以后，总要买个纪念品带回去，代表自己来过上海，来过'新天地'。我觉得世界各地的游客都汇集到这里，他们很希望能寻找到中国的特色，所以，我就开了一家富有中国文化气息的新型'销品屋'，店名就叫'上海本色'。"

走进店堂，只见各种旅游纪念品琳琅满目，绘有彩色玉兰花的瓷瓶、十二生肖瓷盘……有意思的是，许多纪念品都是郭先生亲自设计的。看，这个书有"马"字的 T 恤，就是他的杰作之一。

创立"百草传奇"

"上海本色"开张以后，"新天地"的人气越来越旺，每天游客如潮，成为海内外人士了解上海的一个窗口。嗅觉敏锐的商家很快从一批又一批高鼻子蓝眼睛的观光者身上发现了商机，STARBUCKS 咖啡、东方魅力 DISCO、LUNA 意大利面、阿根廷烤肉、德国宝来纳啤酒屋、法国餐厅、日本的面包房、意大利冰激凌……应运而生。目睹"新天地"里洋店招争奇斗艳，郭承丰心里产生了一个想法："新天地"不仅要国际化，更需要具有中国特色。郭先生灵机一动，决定在这里开一家餐馆——名叫"百草传奇"。我多次去过郭先生开的餐馆，发觉这里的一切的确很"传奇"，饱含着中国文化的特色。

来到"新天地"，循着古筝、笛子的美妙旋律就可以找到"百草传奇"的店门。跨进门槛，映入眼帘的是四壁镶嵌的书法，或端庄苍劲，或龙走蛇奔，连铺地的瓷砖上写的都是书法。那艺术的笔迹，告诉人们《本草纲目》里常用的中草药的功效，春夏秋冬的进补方法，还有那大乔和小乔的爱情故事……郭先生告诉笔者："我们要在菜肴里把老祖宗留下的宝贝——养生文化糅合进去，利用中华药理来创造新的菜谱。回归自然，注重养生，这是一个世界潮流。秉持这个理念，我们提炼出了'百草传奇'这个富有创新精神的店名。"郭先生感到最得意的就是这里发扬光大了中华文化最具特色的"三宝"——中药、书法、陶艺。

笔者忽然想到一个问题，外国游客接受这样的文化氛围有没有障碍？郭先生回答说："刚开始我也有点担心，但事实证明能够被接受，不管是日本人、法国人还是美国人。根据我们的观察，来用餐的，当地人占了一半。上海人很乐于接受新事物，还会把自己的朋友带到这里来，称这里为上海的特色餐饮。""百草传奇"里的菜肴，特点是比较清淡，菜里绝对不放味精。菜式结合现代人的口味，糅进古食谱的养生功效。菜肴在养生方面专门有上海中医院的医生把关，配伍温和，倡导"以百草养生，与自然共存"。

"百草传奇"的名声不胫而走，成了海内外笔者的热门话题，喜爱"汉方药"的东京、北海道等地的电视台多次前来采访，连德国的电视台也派人远涉重洋慕名而来。老外们最大的感觉是，这里代表了中国一个新的饮食文化。

倡导新的观念

无论是郭先生的文艺沙龙，还是他和太太经营的"百草传奇"、"变色龙"餐饮店，在店堂的书架上都陈列着一本本印刷精美的杂志——《新观念》。来客可以即兴翻阅，也可以免费索取。这本月刊至今已经出版了 222 期，图文并茂，内容涵盖海峡两岸的名人逸事、城市建设和交流往来。每一期的卷首语都是郭先生亲自写的，都是他根据当前两岸之间的热点话题发表的评论。文章的遣词造句直截了当，毫不隐讳自己的观点，使人阅后感觉到犀利与酣畅。

在采访中，笔者了解到郭先生对办杂志情有独钟："我从小喜欢画画。中学毕业之后，考上了台湾艺术大学，学的是广告设计专业。那时候，我总觉得舆论可以改造社会，所以一直怀着一个理想——这一生要办一本杂志。大学毕业以后，我真的跃跃欲试，办的第一本杂志叫《设计家》，可是好景不长，只办了12期就因为没有钱停刊了。后来，我帮别的公司打工，赚了一点钱，又想到了办杂志。当时台湾有一种说法，你想要害惨一个人，那可以叫他做两件事，一是办杂志，因为办杂志很难挣钱；二是娶小老婆，因为小老婆的花销没有边。"

正在这时候，郭先生结识了女朋友王小虎，她是哈尔滨人，又属虎，郭先生亲昵地称她"东北虎"。郭先生比小虎年长8岁，两人还是校友呢。小虎学的是电影技术，听说郭先生正在筹划创办第二本杂志——《广告时代》的时候，小虎问他，你到底是要办杂志呢，还是要娶我？两者选一吧。回忆当时，郭先生说："对于这个选择，我很为难，考虑了一整天。到了晚上我告诉她，还是要办杂志。她听了好久没说话。小虎的家境比较好，比较富裕，不过后来她还是嫁给我了。我问她，我选择了杂志，你怎么还嫁给我呀？她狡黠地说，正是因为你敢选择杂志。就这样，我和小虎结婚以后又一起开始办杂志。"

这本杂志办了两年，又因经济拮据停刊了。郭先生回顾说："当时穷到连女儿吃奶粉的钱都没有了，在这种窘境下，我才彻底觉悟了，觉得不能为了我的理想，连累儿女和我一起受苦。"于是，他停了杂志，和太太一起开创了"华威广告"。郭先生任公司的董事长，太太王小虎是总经理，他们在台湾从事广告业 30 年。当时，台湾经济处于腾飞时期，广告业发展很快。2003 年，"华威广告"的营业额在台湾排名第二。

办广告挣了钱，郭先生还是念念不忘要办杂志。1987 年 11 月 2 日，台湾当局开放了两岸探亲，大陆成为台湾街头巷尾谈论的热点话题。去过大陆的人，带回了许多鲜为人知的信息，两岸长期的隔绝，使两岸的民众都产生了许多偏见。怎样纠正那些陈腐的观念？ 1988 年，他的《新观念》杂志创刊了。

随着两岸关系的发展，《新观念》介绍大陆的篇幅逐渐增加，版面已经占到 1/3，这些有关大陆的内容很受台湾读者的欢迎。杂志虽然在台湾注册发行，但是每期都要运到上海 1000 多本，《新观念》成了沟通两岸民众心灵的一座桥梁。

移居上海

每逢见到郭先生，笔者总会习惯地问他近况如何，他也总是笑眯眯地答道："马马虎虎。"笔者对郭先生比较了解，深知他那"马马虎虎"中深藏的韵味。郭先生属马，他太太属虎，"马马虎虎"成了他们夫妻恩爱生活的代名词。

谈及今后，年届 65 岁的郭先生告诉笔者："晚年我们就待在上海了，我感觉现在上海生活的多元化已经超过了台北，这里的多姿多彩很适合我的个性。我感觉，虽然年纪大了，但还是想搞一点创作，这里的创作空间也比较大。孩子们也很喜欢上海，儿子宏东是《新观念》的摄影专员，背着相机奔波在大江南北，儿媳帮我管理百草传奇餐厅。刚到上海时，我打算一半时间在台北，一半时间在上海。现在，儿子媳妇孙子都来了，一家人团聚在一起很温馨，实际上我们已经把绝大部分时间留在上海了。"

（原载于《两岸关系》2007 年第 5 期）

中国芯　华夏情

——访"2006 年度上海十大青年经济人物"徐涛

周天柱

日前，"2006 年度上海十大青年经济人物"评选结果新鲜出炉。在最终揭晓的十佳人物中，全球领先的芯片提供商台湾威盛电子大陆区行政长徐涛，作为本次活动唯一参选的台商代表榜上有名，一向行事极为低调的徐涛立即成了媒体追逐的热门人物。

胜选感言

鉴于目前威盛电子在大陆的运营架构，徐涛通常是在北京、上海两地穿梭办公，要采访这位总是行程满满的行政长还真不是一件容易事。徐涛原本计划近期坐镇京城，正当记者准备专程飞赴北京去采访时，徐涛却因上海公司有事，突然飞临申城，这真是应了一句俗话："踏破铁鞋无觅处，得来全不费功夫。"获悉这一消息，记者第一时间驱车赶到了位于浦东张江高科技园区内的威盛电子。

快步走进明亮、宽敞的会见室的徐涛给人的第一印象是：沉稳、干练、彬彬有礼且颇具亲和力。记者开门见山的第一个问题是请徐涛谈谈胜选感言。

原想这位威盛电子的大陆行政长会有一番慷慨激昂的谈吐，可徐涛的回答却只有简简单单的一句话："就我个人来说，实在没什么好讲。"片刻停顿之后，徐涛话锋一转，"但是我想，我这次能够当选，是上海对包括威盛电子在内的 7000 多家在沪台资企业的首肯。在上海的经济发展中，台湾企业家扮演了越来越重要的角色。比如威盛电子，现在已跃升为全球顶尖、亚洲第一大芯片设计公司，围绕'中国芯'的核心架构，进一步发展成为全方位的系统整合产品提供商。回想 7 年前，我有幸成为威盛电子落户大陆的 0001 号员工，从战略布局，到开拓整合，一路走来，干得很辛苦，但更重要的是带给了我极大的成就感。威盛电子与我本人都在致力打造'中国芯'，为 13 亿中国人以及全球华人打造拥有真正'中国芯'的电脑，这是一项多么激动人心的伟大事业。我想这个奖项，不仅仅是对我个人的肯定与嘉奖，更是对威盛电子扎根上海、贡献上海、融入上海的肯定与嘉奖。"即便是在回答获奖感言，仍然如此吝于谈及自己，的确符合传说中徐涛的一贯风格。而与这份低调不同的是，他对于威盛电子企业使命的认定，以及企业发展愿景的信心溢于言表。

重在人才

采访之前的空隙，威盛员工热情地陪同记者参观了企业宽敞、舒适的员工餐厅，拥有攀岩墙、篮球中心、羽毛球中心、健身房，设施一流、设备齐全的体育馆。大楼四周绿树成荫、鸟语花香。如此舒适、温馨的环境，全然是为了给员工创造一个良好的工作氛围，对于人才的吸引与培养无疑具有明显的加分作用。徐涛认为，选人是很重要的环节，因此招聘这一关极为关键。只有找对人，并不断在工作中加以培养，才能确保"威盛"一流。为此徐涛坦言，企业招聘重要岗位的人才，他再怎么忙，都要亲自面试。此外，为全国范围内广纳贤才，他坚持每年亲赴上海交通大学等众多高校发表校园招聘演讲，直接与大学精英对话交流，使"威盛"的团队不断吸纳新生力量，始终保持充沛的活力。

得到了好的人才，该怎么培养？徐涛对此有着自己的看法，"除了不断完善人才培养机制，让他们尽快得以接触研发核心、了解技术流程外，更重要的是，必须充分发挥他们的创造力。青年人的最大特点是敢冲、敢闯，富有想象力，不受传统框架约束，'威盛'就要发挥他们这一特长。我们定期选派优秀员工到发达国家进修，进一步开拓优秀人才的国际视野与创新能力，使一个新人迅速成长为独立带队研发、主持完成项目的资深工程师。这些优秀人才经过'威盛'的学习、锻炼，能较快成为业内公认的技术骨干。"

身为来自岛内并在大陆耕耘多年的管理者，徐涛对海峡两岸员工的异同做过分析比较。他认为两岸员工的相同点是同为炎黄子孙、龙的传人，都十分勤奋好学、聪明肯干，而这些正是 IC 产业所必备的基本素质。至于不同点，台湾员工的业务经验丰富，这或许与 IC 产业在岛内起步较早有关。与此相对应，台湾员工处事相对较为沉稳，大陆员工充满活力，富有激情。随着大陆尤其是上海的经济社会越来越发达，会有越来越多的优秀人才加入威盛电子这个大家庭，为威盛的发展不断增添新的活力。

关注环保

作为世界三大芯片设计企业之一、目前全球唯一掌握完全自主知识产权 X86 架构 CPU 核心技术的华人企业，威盛电子在全力打造企业品牌的同时，长期以来十分关注环保事业，这在 IC 业内为同行所称道。

在公司的产品陈列室，徐涛指着一款款精美的产品告诉记者："我们一直认为，科技的发展不应该以牺牲环境与未来为代价，为此威盛电子特别注重产品和技术的节能、环保、安全。目前在这一领域，威盛电子的水平是世界领先的。"

在威盛电子开发的众多产品中，最令徐涛引以为荣的是 C7—D 桌面处理器。它堪称世界上第一款无碳净氧处理器，比同类产品节能 80%，博得韩国、日本、美国主流厂商的青睐，但即便如此，徐涛认为还未做到位。在威盛电子"无碳净氧计算科技"的基础上，他又致力于推行"无碳净氧计划"的承诺：即每销售一款 C7—D 处理器，以种植 4 棵宽叶树，来抵消其消耗电能所释放的二氧化碳，以此来唤起芯片厂商乃至 IT 界对温室气体排放的高度重视，共同保护我们的家园。

在谈及节能环保的话题时，徐涛一脸认真。为了使他的论点更形象化，他以一组具体数据做了阐述：若中国现有的 8000 万台计算机都采用威盛电子的低功耗芯片，每年所能节省的电费高达 38 亿元；而如果目前全球拥有的 6 亿台计算机全部采用威盛电子的低功耗芯片，则全世界可以少建 13 座核电站。

由于威盛电子的 C7 系列处理器符合当今社会和谐与节约的主题，日前被授予"2006 年度中国信息产业创新产品"与"2006 年度中国信息产业节能产品"双重荣誉称号，在绿色计算和产业环保层面成为当之无愧的开拓者和领跑者。

个人宏愿

在徐涛的眼里，猪年是个吉祥之年，被大众评为"十大青年经济人物"是一个令人鼓舞的新起点。展望未来，徐涛强调：作为国际化的华人高科技企业，威盛电子立足大陆，光耀民族的"中国芯"理念始终不会动摇。正是有了这样的理念，才会一直激励着威盛电子参与国际竞争，不断向世界高新技术巅峰发起冲击。但就目前的 IC 产业而言，欧美发达国家仍占据了相当优势，中华民族要实现科技腾飞，一定要有真正属于自己的自主知识产权。我们的发展战略是继续发挥整合优势，注重处理器平台、系统平台以及消费电子三个领域，进一步实现"高集成、高性能、低功耗"的技术追求，协同并进，全面发展，将尖端技术与未来用户的需求、应用紧密结合起来，让更多的人分享到"威盛"技术带来的利益，感受到数字时代的无穷魅力。

通过与这位大陆区掌门人的对话，我们分明可以感受到威盛电子作为华人企业的突出代表所传递过来的坚毅诚恳与虎虎生气。无论是推动中国 IC 产业积极赶超世界水平的进取心，还是坚守节能发展的技术理念，使企业负有高度的责任感，抑或是关注信息盲区，致力消除数字鸿沟的实践力，处处透射出威盛电子以"中国芯"为本、以"中国心"为荣的真情感，以及呼应时代命题、用心连接世界的大气魄。

　　而这一切，或许就是徐涛和威盛电子"中国芯　华夏情"的真正内涵。

（原载于《两岸关系》2007 年第 11 期）

救人，乃最要紧的事

——访台商献血"状元"陈泽人

葛凤章

中央电视台中文国际频道《海峡两岸》栏目的制片人来电话，要我找到无偿献血的台商陈泽人，他们要来采访。嘿，陈先生在上海中心血站的名气还真不小，一个电话就获得了他的联系方式。

在上海徐汇区漕宝路的一个公寓式小区里，我们见到了陈先生。高高的个子，匀称的身材，笑容可掬显得精神十分饱满，如不是事先做了"功课"，我怎么也不会相信他今年已经59岁了。

采访直奔主题，陈泽人在上海献血200次了，是什么力量支持他这样义无反顾、持之以恒呢？

鲜血，生命的希望

陈泽人1976年毕业于台湾东吴大学会计系，两年后获得了硕士学位，然而，献血却早在他高中毕业那年就开始了。他说："那年要当兵，因为入大学前要经过两个月的'受训'。当时正遇到血荒，军中动员大家献血。我听说 A 型的特别缺，我是 A 型血，就自愿报了名。当时，对献血这方面的知识一无所知，但是有一点很明确，血是没有替代品的，血是生命的希望。因此，我觉得只要能救人，就应该毫不犹豫去做。"

40 年前的陈泽人很瘦弱，还患有偏头疼和哮喘，他第一次献血两袋，500 毫升。

2003 年，陈泽人来到上海发展。有一次他在电视里看到一则消息，一位孕妇分娩急需输血。陈先生看到上海血库存量也很紧张，民众对献血还有顾虑。但是，血液无可替代，要救人，不能自私，只有互助。于是，他决定在上海继续献血行动。

我直言问了陈先生一个问题："网上有人怀疑您献血 200 次这个数字，说会做算术的人都会觉得不可能……"没等我说完，陈先生笑了，他说："这不能怪网民质疑，因为他们不了解献血的情况。"

陈先生介绍说，献血分两种情况，一种是全血，二是成分血。全血是献血者直接输出的鲜血，而成分血是献血者的血经过密封安全的机器分离，把救人急需的血小板和血浆留下，把其他成分仍然还回献血者体内。陈先生献的就是成分血，成分血在急救病人方面有特殊的用处，不同的是，献全血比较快，一般只要五六分钟就可以了，而且在流动的献血车上都可以实施。而献成分血由于需要专用设备将血液在体外循环分离，所以一般都要到血站进行。献血的周期也有所不同，大陆卫生部门规定，献全血者半年一次，而献成分血者每 28 天就可以献一次，每次 1 至两袋，每袋 260 毫升（一个治疗量）为一次。台湾卫生部门规定献成分血可 2 周一次，每次不超过两袋。全血 2

个月 1 袋，3 个月 2 袋。陈先生不仅一献就是两袋，而且常常是走到哪儿献到哪儿。

哦，原来如此。不过，说实在的我还是心存疑虑，这样献血对身体有没有影响呢？陈泽人笑着问我，你看我的气色怎么样？"不错，如不是熟悉，完全想象不到你是一部'造血的机器'。"我向陈先生请教保养身体的方法。他介绍说，我们献成分血的，要看血小板的指标。指标到 15 万的允许献一袋，到 25 万可以献两袋。怎样增加血小板？要吃杏仁、花生等坚果类的，而且要带那层"衣"吃。对于保持健康，陈先生认为，一要注意饮食，鱼肉吃多了会痛风，油脂重了会得心血管病；二要运动，三要心情好。陈先生还有自己的保健食疗"秘方"，将黑豆、黄豆、薏仁、燕麦、五谷米、杏仁、核桃磨成粉，煮成粥，每天早晨喝一杯。

在陈先生寓所的厨房里，摆着一溜装着这些粗粮的瓶瓶罐罐。房间的书橱里，放着一大摞献血后得到的证书。他指着其中一个奖杯对我说，这个"白玉兰"奖最珍贵，那是献血量达 10000 毫升才能得到的。

我们采访的第二天，又到了陈泽人去血站献血的日子。他风趣地说："这是定期体检，因为身体指标不合格，就不能参加献血了。有人担心献了血会影响健康，我则不然，连过去的毛病都消失了。"

上午九点，陈先生准时到了上海血液中心，先查验身体和血液的有关指标，然后进了采血室。这里布置得很温馨，21 台采血机围成了大半个圆形。尽管是双休日，血液中心的医护人员、志愿者都在忙碌地为每一位前来献血者提供热情的服务。

一进门的墙上，装饰着一支献血者照片组成的"温度计"，陈泽人的照片在显著位置。血液中心副主任沈行峰指着照片告诉我，这些都是献血的功臣。台商陈先生在这些功臣里也称得上"状元"了，因为经常来，这里的工作人员与他都很熟悉，有时他还和初来的献血者介绍自己的体会和经验。

说话间，陈先生已经躺在采血机连带的椅子上开始采血了。看到他和邻座献血的一位女士很熟悉，我感到有些奇怪。那位女士主动告诉我："我和陈先生是在献血时认识的，有一次来献血，检验时医生说我的血色素有点低，不能献。陈先生听到了告诉我，提升血色素不能靠药和保健品，要食疗。他叫我多吃水果、菠菜，紫葡萄，要连皮连核吃。我照他的方法去做后，过了一段时间果然奏效了。他那种助人为乐的精神，使我很受感染，现在成了他的'粉丝'。"

这一天，陈泽人又献了两袋成分血，献血次数达到202次。

爱心，为做人之本

用陈先生的话说，他在上海10个年头，已经是上海人了，献血是自己为第二故乡献出的一份爱。在上海，他三次获得"白玉兰"奖，三次获卫生部颁发的金奖（献血达8000毫升以上者才能获此荣誉）。

不过，陈泽人献爱心，绝不仅仅于献血。他还竭尽所能，帮助贫困儿童。陈先生说，他不是大老板，是打工者。所有收入，除了自己生活和家庭外，基本全部用于赈济需要帮助的儿童。他说："爱心，是做人的本分。"

2011 年 12 月 6 日，陈先生在中央电视台的《经济半小时》栏目里看到一对农民夫妻大量种大白菜想卖个好价钱给自己的女儿治病，哪晓得当年白菜滞销，每斤才卖两分钱，不够雇人收菜的工钱，眼看着女儿生病没钱治，农民夫妻急得不得了……看到这则消息，陈先生也急得不得了。他到处打听，想找到这家人。恰逢碰到央视记者，经过联系采访编播这条新闻的记者，终于找到了这户农民的住址。陈先生寄去了 5000 元钱，聊表了自己的心意。

上海现在外来农民工很多，接踵而来的是子女上学和接受教育的问题。陈先生经常出没于农民工集居的地区，找到当地的学校，和校长联系，帮助贫困家庭的学生。

说到请学校提供需要救济的学生名单，陈先生感叹道："学校总是按成绩分数论英雄，我则有不同想法。一个学生成绩差，说不定就是因为家庭条件差，小小年纪就要为生活而奔波努力，没有时间用于读书所引起的，那才真正需要帮助。我希望启发这些家庭经济拮据的学生的心灵，让他们看到未来的希望，从而更加努力精进，成为未来社会的栋梁。"

现在，陈先生在黄浦江两岸联系了 7 所民工子女学校，每个学校资助五六十名贫困学生，根据不同情况，每位学生受助 300～600 元不等。

我问陈先生，你最喜欢看到这些学生的变化是什么？他不假思索地告诉我，是笑容！为了让孩子们稚嫩的脸上有笑容，他组织孩子们参观毗邻东方明珠的海洋世界，安排孩子们吃汉堡和炸鸡，指导孩子们发挥自己的聪敏才智开展创意活动……

陈泽人告诉我："每次活动我特别留意观察，我在意的是看到每一位孩子都露出过笑容。"

智慧，帮他人成功

也许有人会问，这位陈先生献鲜血救病人，献爱心帮学生，他自己是做什么的呢？他的职业是：献智慧，保企业。

翻开陈先生的履历，他在 2000 年之前，有 25 年在教书，分别是台湾政治大学、东海大学、东吴大学、台湾科技大学和华梵（佛教）大学的客座教授，主要传授管理、财务、税务、审计方面的知识，可谓桃李满天下。令陈先生兴奋的是，当年他教过的学生，现在有不少成了企业高管。过去从来没有联系，现在通过办培训班、企管交流、公司顾问等活动，又在上海见面了。

陈先生告诉我，许多企业，由于种种原因，亏损严重，濒临破产，而管理层却束手无策。我现在的大量工作，就是救这些企业，让它起死回生，扭亏为盈。陈先生称之为"企业再造工程"。

这些年来，陈先生成功地救活了 20 来家企业。对于挽救企业，陈先生坦言，难度很大。但是一个企业，像金融海啸中的"雷曼兄弟"垮了，40％的职工就失业了，所以，看起来是救企业，其实也是救人。

如何"再造企业"？陈先生介绍说，一个即将破产的企业，其一定内外交困，名声也不好。改造这样的企业，首先要科学评估，看看哪些方面是可以利用和有潜力的。

我问陈先生具体有哪些企业是经你手救活的？他给我举了几个例子。有一家电脑软件公司，负责经营的副总资历不长，经验不足，净资产到了负数，开会时大多数高管提出"关门止血"。

这家公司请陈先生去"评估"，陈先生根据市场需求情况做出分析，得出的结论是"撑过眼前，前途无量"。公司采纳了陈先生的拯救方案，最后企业不仅活了下来，而且成为台湾的上市公司。上海有一家大卖场，眼看要垮了，老板慕名找到陈先生出主意，后来也救活了，现在仍然很红火。大陆有两个景点，经营一直亏损，经过陈先生的"会诊"，找出了症结所在，开出了"药方"，现在正英姿焕发地迎接观光客人。

听着他介绍一个个"案例"，我不免诧异地问："你为企业'问诊把脉'靠的是什么？"陈先生笑了，一是靠学过的知识，二是靠实践经验。台湾前十强的大企业，我曾经在其中三家做过副总裁。哦，原来如此，我若有所悟。

接着，我们的话题又谈到台资企业。陈先生认为，投资发展企业，环境认知要透彻。台商到大陆投资，同文化，同语言，由于血浓于水的关系，互相很容易理解和融合，这些都是获得成功的基本因素。美国的"沃尔玛"企业很大，但在大陆一直亏损，主要原因就是水土不服，把在美国搞的那一套生搬硬套到别的国家，到头来只能是失败，在德国，在日本，他们都失败了。

采访接近尾声，我忽然又想到一个问题，"您这样不间断地献血，家人理解吗？"陈先生回答说，在家里我不说这件事，也不劝他们去献血。不过，也许是受我影响，我太太和孩子都是长期献血者。我的大女儿在台湾与德国读书时均定期献血，前几年陪她的奶奶来上海看我时，在上海也献过全血。大儿子在台湾一家会计师事务所工作，前不久出差到上海来为台资企业审计，专程到血液中心献了成分血。二儿子到上海来参观世博会时，也献了成分血，他在台湾现在已经有 70 多次的记录了。小儿子还小，未到法定献血年龄……

我听了默默地点头：虎门无犬子，榜样的力量是无穷的！

（原载于《两岸关系》2012 年第 3 期）

王秀绢品读的人生

王　亮

　　多年以前，在台湾大山深处有一个村庄，这里只有几户人家，能走出大山的人只是少数，获得成功的更是凤毛麟角。一天，一个天真的小女孩遥望远方幻想着未来的样子，下定决心走出去，去探寻人生的真谛。多年后，这个小女孩成为台湾知名的摄影师，再后来成为了国际知名文创企业的总经理，她就是台资企业琉璃工房大陆区总经理——王秀绢。对于来之不易的今天，王秀绢淡淡地说，其实任何一个人都能做到，只要你不要好高骛远、勤勤恳恳、脚踏实地，就会实现目标。

　　目前，琉璃工房 80 家门店中一半以上在大陆扎根，业绩更是占全球份额的 55%，发展势头迅猛。大陆成为琉璃工房发展的重点，这与王秀绢及其团队的努力是分不开的。初见王秀绢的人很难将她温文尔雅的性格与一个成功女企业家联系在一起，很多人都会产生疑问，她如何能肩负起琉璃工房在大陆的事业，而且取得如此辉煌的业绩？而了解她的人都会为她迸发出来的力量所感染。可以说，她用自己的肩膀撑起了琉璃工房在大陆的发展重任。

艰难闯出的一片天

最初，王秀绢在台湾就已是小有名气的摄影师，原本准备去德国读书深造，这时琉璃工房创始人张毅、杨惠珊找到她，希望她加入琉璃工房。因为自己热爱文创事业而且又被张毅、杨惠珊的事迹所感动，王秀绢毅然决定加入琉璃工房。随后，她来到大陆，一待就是 16 年，她笑称只比苏武牧羊差 3 年。在大陆，她见证了琉璃工房从无到有、由小到大的过程，像母亲呵护孩子一样挚爱着琉璃工房，为之付出一切。创业初期，她一个人跑东跑西办理各种手续，对建厂等任务事无巨细、事必躬亲。由于创业资金有限，公司舍不得买空调，酷热的夏天大家挤在闷罐似的办公室汗流浃背，寒冷的冬天里王秀绢不得不穿上三双袜子才能出门。她没有配车，只能冒着寒风骑着自行车去为事业奔波。远在台湾的张毅得知这些情况后多次向团队表示："如果我现在有钱一定最先给上海琉璃工房装空调！"这令王秀绢非常感动。谈及现在的事业，王秀绢依然淡定，她说："我不敢讲成功，因为我们还在学习。"

精诚团结的团队，也是琉璃工房不断创新拓展的源泉。王秀绢说："团队里有台湾同事也有大陆同事，就像我们的作品《不能没有你》，一群小鸭子在奋力向上爬，爬不上去的大家就一起推着她，拉着她，不让一个人掉队。"前不久她生病住院，需要休养，可团队成员并没有忘记她，他们为她写卡片、折纸鹤、送 CD，希望她安心养病，身体健康，早日回到队伍中来，"这是种难得的幸福，我要珍惜，没有一个陌生人愿意为别人做这样的事。我们有这样一群人，也正是有这样一群伙伴，我们才能有今天的发展。"谈到这些，王秀绢一脸欣喜。

当然，王秀绢的动力还来自琉璃工房两位"迷人"的创办人，"杨惠珊从不护肤，头发自己剪，没有铂金包，没有个人需求，把时间都献给琉璃创作；张毅在创业初期卖掉了房产，更多的是想怎么让人们了解琉璃材质的内涵。他们给我很大的动力，不管有多大困难，我都会努力走下去。"王秀绢如是说。

自信源于中华文化

在王秀绢看来，文化是一种态度、一种价值、一种信仰，之所以选择琉璃做材质就是因为琉璃工房想要讲述一个中华文化的故事。王秀绢说，曾经有一段时间，我们中国人由于经济条件差，钟情西方产品。其实，细究起来，这是一种文化现象，是对中华文化不自信的表现。因此，我觉得，要弘扬我们民族悠久的文化传统，增强对中华文化的自信。琉璃这个材质告诉我们，要表里如一，要拿得起放得下。人生如梦幻泡影，心里一定要安宁，不要有悲哀、怨恨。因为我们的作品在和大家谈人生，真正可以讲到人们内心中去，这也是我们为什么一定要把中华文化融入到作品中的原因。我们中国人要自信，自信不是来源于穿金戴银，而是来自于文化的含量，来源于对我们民族文化的自觉和自醒。

作为两岸文创事业合作的见证者和参与者，王秀绢对两岸文创事业的发展更有一番感受。台湾年轻人从小就爱看展览，追求多元发展，所以很多人投身于文创事业。她说，文创事业不是自己能够发展的，要有足够的支持。大陆对于文创事业的支持令我们感动，上海卢湾区就主动帮助我们在田子坊设博物馆，展览古代和现代琉璃。大陆深厚的文化底蕴和政府的大力支持一定会为台湾文创人才提供广阔的发展空间，两岸携手一定会将中华文化发扬光大。

在登山过程中品读人生

熟悉王秀绢的人都知道，她的最大爱好就是登山。这山可不是我们一般游览的山，而是喜马拉雅山、玉山、富士山这样的高峰，每次和"爬友们"一起攀登的征程对于她来说都是一次对人生的品读。

王秀绢说，登山让自己有三点感悟：一是专注。山不会因为你是总经理而好走一些，必须脚踏实地一步一个脚印。登山不看景，看景不登山，每走一步都要专注脚下，否则，一点疏忽就会坠入深渊。二是持之以恒。爬山对培养一个人的毅力有好处，爬山前自己要设立目标，坚持完成目标，要和山一起学习。第三，爬山的过程也是一个团队协作的过程。山也是这样，山顶的石头并不比山底的高贵，没有山底的石头堆砌也就不会存在山顶，所以大家彼此不可分割，面对困难必须要团结。

每次经历艰难险阻从高山回到城市后，王秀绢都很感恩，她感谢文明给予人类的一切，让人类不再荒野而居，而只有亲自接触自然，人类才会更加爱护自己的生活环境。

到此，我们之前的疑问也就有了最好的答案：一个如此用心、熟知文化精髓、懂得感悟人生、坚毅而刚强的女人，还有什么理由不获得成功？

（原载于《两岸关系》2011 年第 12 期）

小瓜子"炒"出大市场

周天柱

一碟瓜子，一杯香茶，谈天说地，悠然自乐，别有一番情趣。

台资企业上海台丰食品有限公司生产的"咔好呷"顺应市场的需要，其年产量从 1993 年的 1500 吨，剧增到 1999 年的 1 万吨，约占上海市场份额的 50%，笔者经过深入采访，终解小瓜子"炒"出大市场之谜。

小小瓜子何以闯出大市场？林总经理对此坦言一句话："奋力打拼！""台丰"的发展得益于对沪上休闲食品市场的"先知先觉"。20 世纪 90 年代初上海的炒货行业还是块"未被开垦的处女地"：前店后场、自炒自卖式的加工作坊，街道乡办小厂设备简陋，小打小闹，而这一切都难以使炒货很快发展成为普遍化的休闲食品，上海市场乃至整个大陆市场的潜力相当大。经过多次评估，1992 年上海台丰食品公司应运而生，该公司在上海炒货业中率先引进新式的全套不锈钢生产设备，实行封闭式加工生产，保证产品清洁卫生。

炒瓜子大有学问。随意炒出来的瓜子，或太硬，不易嚼；或太脆，一咬瓜籽壳碎成多瓣，吃起来不方便。好瓜子咬后应碎成三瓣，香又脆，这看似简单的问题其实并不简单。公司的生产厂长为攻克这项难题，四天四夜守候在炒锅旁，一次次的摸索，一次次的失败，但功夫不负有心人，独特的台丰炒货工艺配方日趋成熟，而由公司各个业务部门人员所组成的口味测试小组则每天为公司的产品把关，一旦发现产品的质量异常，立即反馈到生产现场，加以整改。公司内部自设追踪、监测机制，确保"咔好呷"系列炒货以一流质量进入越来越多的寻常百姓家。"咔好呷"系列产品不但获得"上海市放心产品"等荣誉称号，还为国争光，争得了亚洲及太平洋国际食品博览会金奖。

用心良苦

市场占有率的明显上升，并没有冲昏台丰人的头脑。本着"自己才是最大的竞争对手"的经营理念，台丰公司奉消费者为上帝，竭诚为顾客服务。几年前炒货包装是不透明、封闭式的，优劣难辨，消费者时有上当。对此，台丰公司决心改变包装，从不透明改为三色透明，进而率先推出五色透明，消费者买得放心，吃得称心。

被同行视为"领导炒货市场消费、包装新潮流"的台丰公司又在包装方面推出新举措。众所周知，炒货最忌受潮和氧化，因为这容易使食品失去原有的香味和营养，从食用的角度，最好随取随封。这个问题由于增加成本及工艺，许多厂家望而却步。台丰公司知难而进，率先推出随取随封的拉链袋包装，解决了长期保存的后顾之忧，简单、方便、干净、美观，不失为最佳的保存方式。虽然成本增加，但公司坚持价格不变，用林总经理的话来说，要让消费者享受更多的实惠。

永续发展

7年来，台丰公司的年销售量递加了5倍，这在竞争日益激烈的炒货市场不能不说是个奇迹。公司立足上海，不断开拓市场，先后在北京、武汉、杭州、济南等地建立了分公司，并相继成立了20多个办事处。作为上海炒货业首家获得出口许可证的台闽公司，其产品已出口到北美、欧洲、南美洲、澳大利亚、新西兰、东南亚等许多国家和地区，1998年的外销量比上一年增加1倍，1999年同比再增1倍以上。对此，林总经理信心百倍。他说，中国瓜子是有着悠久历史的传统休闲食品，有其自身丰富的内涵和文化底蕴，同时又是现代人的营养保健食品，可以预见，瓜子一定会成为新世纪全球华人喜爱的健康文化食品。小小瓜子大有可为。

（原载于《两岸关系》2000年第10期）

宁静致远
——访上海市台资企业协会会长杨大正

李红雨

　　与杨先生相识是在 1998 年 5 月底首届上海市合资企业产品博览会上。杨先生坐镇博览会，迎来送往，举手投足都显出大家风度，谦和儒雅，一切如行云流水般平静自然。仅凭第一印象，你很难想到他是上海市台资企业协会会长。6 年前他初到上海滩时，出租车司机竟以为他是一名大学教授。

　　1992 年 3 月，杨大正来上海做北京东路的危旧房改造，一时成为上海十大新闻之一。1994 年 8 月，杨大正被推举为上海市台资企业协会会长，如今已是第二届会长。

　　杨先生两次任会长，都是被台商推举的。也许是他平静而深沉的性格使他成为台商中众望所归的人物，他的平静随和有着很强的凝聚力。

　　谈到性格，杨先生说，他的性格在高中时代就养成了。有一次他和一个朋友一起复习高考，半夜出外散步休息。同学为吓唬他，漆黑中偷偷走到他身后猛拍他肩膀，杨大正慢慢回过头去，反倒把对方吓了一跳。在台湾开车，几秒钟内他能变换几个方向，坐车的人出一身汗，他自己却安然无恙。

杨先生说他与许多人的人生理念不同，他难得大悲大喜，成功是应该的，失败了便去探究原因，却不会因此而沮丧。

说到自己的事业，杨先生介绍说，目前正在加紧建设新上海游乐园。这是一个占地面积 88 万平方米，七倍于上海市人民广场的大型休闲娱乐场所，集购物、娱乐、会议、旅馆、餐饮为一体，估计年接待游客将达 600 万～800 万人次，节假日高峰入园人数可达 4 万～6 万人，真是一个大手笔！

6 年前，杨大正初到上海，发现所有的外商都在环境单调刻板的办公室里办公，开发建设游乐园，让外商在优美的休闲环境中办公一定会受到欢迎。同时，上海市民也需要一个大面积的休闲娱乐场所。

为了搞好评估，杨大正请来国际上著名的公司调查论证，论证报告是有一本字典那么厚。1999 年 7 月，新上海游乐园将接待第一批游客。

面对如此大规模的开发建设，不少人为杨大正捏了把汗，但杨大正成竹在胸。当初策划首届上海台资企业产品博览会时，也有不少人担心，连杨大正自己也睡不好觉，梦中还开会。事实证明，这届台资企业产品博览会开得很成功。

"目标要高远，脚步要踏实。"这是杨大正先生几十年人生事业的总结。有了这样的经历和信心，等待杨大正的将会是成功。

（原载于《两岸关系》1998 年第 8 期）

沪上台商迎玉兔展宏图

周天柱

与往年春节相比，1999 年的玉兔似乎姗姗来迟。云集近3400 家台资企业的黄浦江两岸，留守沪上的台湾企业家不甘寂寞，饶有趣味地辞虎迎兔，企盼兔年大展宏图。

大火无情人有情

铆足了劲的"台尚"列车，1998 年的运行速度比上一年整整快了一倍，可春节前一场突来的大火却将上海台尚食品公司成品仓库烧得面目全非。当上海新闻媒体披露了这条消息后，该公司董事、台方总经理蔡振良一时成了众人竞相慰问的新闻人物，这位靠踩自行车走遍沪地大小商场起家的硬汉子忍不住流下了滚滚热泪。50 多名外地员工主动提出今年过年不回家，留守公司多生产，许多员工还自发地拿出自己的存款，他们说："公司的困难就是我们的困难。"当然公司不会收下这些捐款，但蔡振良的心被深深地打动了。"上海人真好！大陆同胞真好！"也许是员工的义举感动了上苍，奇迹发生了：受灾后的 12 小时内，公司的供货系统全部恢复正常，台尚糖果卖疯了，过年的销售量比去年翻了一倍！

多年来生产火红、不忘回馈社会的蔡振良受灾仍牵挂社会慈善事业，节前节后向特困家庭、孤老残疾儿童送去的一份份厚礼，比平时更具非同一般的情意。

忙碌了整整一年，大年三十晚上，全年未曾休息的蔡振良终于端坐在餐桌前与亲人团聚。太太亲自下厨，烤鸡翅鸡腿、炸台湾香肠……忙得不亦乐乎。蔡振良品尝了台湾风味的年夜饭，向远在台湾云林的父母拜完年，就急着要慰问节日留守工作岗位的员工。尽管公司不幸受灾，可员工的工资、奖金、红包照发，一分钱不少，因为台尚能有今天，离不开大家的努力。1999 年台尚的产量与营业额要扩大一倍，外地 4 家分公司，12 个办事处等着筹备，公司 5 周年庆典要与慈善事业结合起来，新产品力争再推出几十种……一件件大事等着蔡振良决策、指挥。他相信，有全体员工做后盾，台尚没有办不成的事！

百利安又出新招

在内衣行业，人称"智多星"的百利安集团董事长李屏节前做出了一项足以使同行震动的大胆决定：内衣可试穿，下水仍可换。同时，向社会公布了消费者质量投诉电话。

善于洞察市场动态的李屏发现，受亚洲金融危机的冲击，内衣市场疲软是显而易见的，而只有让利工薪阶层，销售成果才会显著。于是高档产品售中档价位的百利安内衣，在各大百货商场连刮"红色风暴（红色为去年内衣流行色）"，销售额比上一年递增40％以上。公司业绩上升，员工过年自然欢天喜地。可李屏的心情一点不轻松，今年好了，明年怎么办？百利安如何年年上台阶？

于是，内衣业这项新的服务举措应运而生，董事长过年仍坚守第一线，接听投诉电话；公司白领的寻呼机也24小时打开，随时准备处理各项应急业务。

善于偷着乐的李屏仍能享受过年的乐趣，备年货、贴春联、放鞭炮、吃年夜饭、包饺子、吃汤圆、迎财神……中国人传统的过年节俗一应俱全。一个地地道道的台湾人偏偏爱上了上海菜肴，节前他将母亲及岳父母接来上海过年，满桌的沪帮美味令长辈大开眼界：走油蹄肘、粉蒸肉、红烧甩水……此时此刻的李屏俨然成了"上海通"。

才过完年，李屏的五年发展计划就将启动，为使百利安内衣在全国市场占有率从第四跃升为第一，首期资金就须投入2000万美元；干部的管理意识必须进一步加强，高素质的销售人才得抓紧培养……百利安相信勤能补拙、勤能制胜。

员工是真正的财神爷

在大陆奔波十年，1999年首次在沪上过年的上海台丰食品有限公司总经理李金龙，对春节最大的感受是员工就是财神爷。这不，小年夜这天，公司特地为大家摆设了一席年夜饭。提前一天携儿带女赶到上海与丈夫团聚的李太太光临"尾牙宴"真可谓大开眼界：老板、员工、白领、蓝领，以及员工家属欢聚一堂亲亲热热，无话不谈，犹如一家。1998年外地四个分公司先后运转，使台丰在大陆食品业的知名度大大提升，1999年台丰将再筹备四个分公司。这究竟是餐叙会、慰劳会，还是企划会、研讨会？李太太觉得都有点像。

从大年三十起直到初五迎财神，李金龙拥有的"三机"（电话机、寻呼机、手机）就响个不停。在新年祝福的词汇中，最亮丽最频繁的一句话是：兔年台丰大吉大利！刚过去的一年对台丰来讲是极不寻常的一年，尽管亚洲金融风暴对食品市场的影响甚剧，但经公司上下齐心努力，销售量比上年增加60%。具有独特台湾口味的"咔好呷"、"台丰"品牌系列炒货，一跃成为上海炒货行业第一品牌，1998年出口到澳大利亚、巴西、欧美等地的产品，数量翻了一番。更重要的是，公司的凝聚力大为增强。难怪在年初五公司隆重举行的开工仪式上，李金龙代表董事长及全体股东讲出了一句肺腑之言：台丰员工是真正的财神爷！

太太、孩子第一次来沪过年，李金龙再忙也得悠着点。近几年来，岛内放鞭炮逐渐减少，年味不足。申城燃放鞭炮虽也有时段限制，但持续时间之长、品种之多，仍令其儿女惊喜不已。迎玉兔、庆新春，姐弟俩兴高采烈地汇入了家家乐这个行列，此番在黄浦江畔放的烟花爆竹比在岛内任何一年都多。

过完年，李金龙为免除后顾之忧，考虑到了在沪"安家落户"的问题。原来买的房子一家四口居住感觉小了一点，必须重新购置，而重要的是女儿在台念初三，儿子即将小学毕业，在上海报考学校被列入今年李金龙一家的头等大事。春节期间，夫妇俩已多方了解可供选择的各类学校。

（原载于《两岸关系》1999年第4期）

金 "龙" 漫舞喜迎春

——沪上台商贺岁素描

周天柱

　　随着 3500 多家台资企业在沪安家发展，越来越多的台商爱上日新月异的上海，黄浦江畔辞兔迎龙成了他们在第二故乡的第一选择，五彩缤纷的贺岁素描，留下的是一幅幅浓郁的过年情结。

尽享天伦之乐

　　56 岁的上海百世吉服饰有限公司董事长戴吉义在除夕前公司的尾牙宴上喝醉了，平素他爱小酌一杯，只不过是以酒会友，情深谊长。尾牙宴上开怀畅饮，他是心甘情愿地喝醉了。安度亚洲金融风暴，连锁店从先前的四五家发展到目前拥有 50 家自营专柜、专卖店及全国 100 多家加盟连锁店及专柜，年销售额近亿元。面对如此骄人的业绩，戴吉义能不醉吗？！

　　新千年的第一个龙年，戴吉义做出一项"重大决策"：他和太太自告奋勇留守上海带孙子，儿子、儿媳辛苦一年，飞赴香港度年假。这一举措似乎有悖举家围炉团聚的过年习俗，戴吉义却并不这样认为。他说，过年的大团圆不在乎形式，重在心灵的感受。孩子们忙碌了一年，应该让他们轻松轻松，而当爷爷的过年含饴弄孙，岂不乐哉？！

2000 年过春节，令戴吉义最高兴的一件事是带着 5 岁的小孙子到万科城市花园观赏爆竹焰火晚会，其场面之大、声势之壮可谓是其人生头一次领略。除夕当晚十二点未到，一个个急着要拥抱金龙的万科居民就已点燃了喜庆的爆竹，此起彼伏的焰火不时划过半空，平添了一股浓浓的年味。新年的钟声刚一敲响，城市花园的上空顿时交织成一片欢乐的海洋，各种爆竹万弹齐发、震耳欲聋，小孩子捂紧了耳朵躲在爷爷的身旁，却又不愿离去。一个比一个蹿得高的焰火在半空中迎风怒放，花团锦簇，争奇斗艳，小孙子的两只小眼睛一眨不眨地盯着这神奇的夜空。看着他如此出神，戴吉义高兴地笑了。

过年这几天，整天与小孙子一起玩，戴吉义尽享天伦之乐，不亦快哉。平时小孙子上幼儿园，自己里里外外连轴转，难得春节空闲几天，早上起床后的第一件大事是抱抱小孙子。饭后孩子的起居室一片欢笑声，小孙子开火车，他当乘客，呜呜呜几声长鸣，风驰电掣的电火车已开到了厦门车站。与小孙子同乐，自己仿佛年轻了十多岁，龙年在上海过春节真有意思。

过年分身有术

谁都说华王集团总经理、市台办嘉定工委会代主任陈庐一是工作狂，一年忙到头，今年春节怎么过？自然成了笔者关心的问题。原本想华王集团难得从 2 月初就开始放长假，这回陈总该好好休息一下，想不到节前贤惠的太太所做的精心策划却大打折扣，即使到杭州与家人团聚，面对近 24 年来第一次封冰的西湖美景，丈夫仍放不下公司的工作。利用休假的短暂时间，陈庐一分别与几家长年的客户做了长谈，这一谈，还真有不少意外的收获。每到吃饭的时间，陈庐一能基本准时在餐桌边出现，岳父、岳母、太太、孩子就别提有多高兴。陈庐一不胜酒力，在杭探亲期间，家人向他口传秘诀："以茶代酒，天长地久。"春节时小试此招，连连奏效，乐得陈总喜不胜收。

回想第一次在上海过年，那是四年前，第二个孩子呱呱坠地，双喜临门，使小家庭更充满了喜气。此番二度在沪贺岁，以王牌机械、山海容器、慧福塑料扬名中华，在大陆已拥有 16 家企业的华王工业集团正连年壮大。去年的年销售总额突破 2 亿元人民币，年增长率为 30%，这一切使陈庐一满面春风。这位早在 1988 年就来大陆做投资考察的台湾淡江大学机械系高才生谈起过年的情结，免不了要对海峡两岸的年味做一番比较。他认为，这几年间隔在两岸过春节，发现岛内年味越来越淡薄，而大陆，尤其是上海，老老少少对春节怀着特别的情感。探究一番原委，可能是台湾人活得太累，人就变得更现实一些，只图清清静静休息休息，自我调整一番。而上海人追求新潮，随着生活品质不断提高，过年的花样越来越多，年味自然就十分浓重。

入乡随俗，陈庐一年初一一大早就忙着电话拜年，一口气连打了 60 多个拜年电话，向员工们恭贺新喜，彼此共祝龙年华王有新的飞跃。

"大千世界"精彩

说起在大陆过年，上海佳格食品公司台方副总经理崔大千最有发言权，1989 年就入盟公司的崔大千五年前就在古都西安欢度来大陆后的第一个春节。有不少人认为，独在异乡为异客，孤独一人在外过年的滋味一定不好受，可崔大千丝毫没有这种感受。他自幼酷爱历史、地理，人生首次能在"世界第八大奇迹"——秦始皇兵马俑的所在地欢度春节，当是人生的一大福气。三年后在京辞旧迎新，崔大千的感觉比在岛内过年还胜一筹。

2000 年在沪喜迎龙年，掐指一算应是在大陆三度贺岁。称得上是"上海通"的崔大千对龙年的春节特别看重，巧妙地将迎新一分为二，守岁、团聚安排在黄浦江畔；初一下午，随着 458 次列车的一声长笛，他携太太、孩子直奔朝思暮想的洛阳、开封。生在温暖的台岛，却对千里冰封的北国充满了憧憬，中原大地闻名全球的殷墟文化像磁石般地吸引了他。

崔大千一家过年与众不同，他最善于充分调动两个孩子的积极性。春节即将来临，他特意到上海文化街购买了文房四宝，回家请孩子动手写春联："爆竹声中一岁除，春风送暖入屠苏。千门万户曈曈日，总把新桃换旧符"；"金瓯世泽长，玉树家声远"。只要孩子认认真真写，一律隆重贴出，以示鼓励。孩子的艺术创作获得父亲的认可，其高兴劲就甭提了。

按照台湾的年俗，崔大千必备的年菜是"长年菜"。所谓"长年菜"又叫芥菜或无心菜，将菜洗净后连根煮熟，吃时从头到尾，慢慢进肚，以祝父母长寿；守岁时又必包饺子，饺子寓意元宝，花色品种越多越好。包饺子时，长辈有意在饺子馅中放两三个铜板，孩子有幸吃到，便中头彩，可得一个红包，乐得他们拍手大叫。

第三度在大陆过春节，第三次去古都观光，"旅游迷"崔大千与太太的感觉真好：龙亭72级台阶中雕有云龙图案，气势非凡；相国寺重檐高耸，琉璃覆盖，精美绝伦；龙门石窟规模庞大，艺术精细；洛阳古墓博物馆将千余年的历史长卷——展现在人们的眼前……五天的观光匆匆而过，祖国山河的壮美，悠久文明的灿烂令崔大千连呼：不虚此行！

过年的故事精彩纷呈，龙年的春节令人回味！

（原载于《两岸关系》2000年第3期）

戚会长的"三怕"

——昆山台湾同胞投资企业协会会长戚道阜先生侧记

苏 林

　　戚道阜先生早在 1992 年就来到昆山创业，做事吃苦耐劳、兢兢业业，做人认认真真、明明白白，昆山的台商朋友亲切地称他为"热心的戚老大"。戚先生热心公益事业，当上昆山台企协会会长也算实至名归。

　　戚先生热心助人，这是台商圈内大多数人所公认的。戚会长的为人处事深得当地政府和台商的信任，无论是在昆投资的企业，还是来昆考察的台商，不管与戚先生认识与否，熟知与否，只要您想了解昆山的情况，或遇到问题寻求解决管道，找戚先生就算找对人了。需要了解情况，他会热心讲解；需要出面和有关部门沟通，他会仗义执言。但他却有"三怕"：一怕记者采访，二怕外地政府招商，三怕台企协会的"小秘书"。

　　有些记者来访总是爱问台企协会如何帮助政府招商引资，对于这个问题，用戚先生的话说，台企协会从来不帮政府招商，只是如实地向来访客人介绍昆山的情况，带他们到昆山的各处走走，让来考察的台商自己判断昆山投资环境的好坏，自己做决定。但采访回去的记者们似乎把他讲过的话全忘了，写出文章洋洋洒洒，妙笔生花，把昆山台企协会与昆山的招商引资工作联系在一起，好像昆山外向型经济蓬勃发展，台企协会应当有首功一样。戚先生讲，其实，这是昆山当地政府和人民十几年如一日，加快城市的投资环境建设，树立"亲商、安商、富商"的理念，强化诚信服务意识的必然结果。

外地政府招商人员登门拜访，请戚会长发动一下台企协会成员，介绍几个项目到他们那里去，帮助当地的经济发展。有人甚至提出：昆山有的优惠政策，我们也有；昆山没有的政策，我们也可以有。那么为什么台商仍不愿意离开昆山，去他们那里投资兴业呢？

戚先生认为，这是因为昆山已经进入了"人文招商"的新境界，昆山市政府早已把"创造最适宜生产、生活的人居环境"作为市政建设的长远目标，加强适合实业发展的载体建设，按照国际惯例办事，发挥团队精神，努力提高政府工作效率和效能，并用这些综合因素吸引外来投资者。近年来，昆山成立了大陆第一个出口加工园后，为IT产业在昆山落足创造了优美整洁的生产环境，为高新技术发展培育了庞大的人力资源市场……这些独特的优势是许多地方无法媲美的。

戚先生三怕台企协会的"小秘书"滔滔不绝地给他安排接待工作。"上午九点半，台湾工业总会考察团来昆访问，请会长接待；十一点半，台湾记者来采访；十二点半，台湾企业来拜会会长……"台企协会秘书一面向戚先生汇报，一面将工作日程安排写在记事牌上。有时秘书将两个月的接待日程都排好了，根本没有闲暇时间，忙得像个陀螺。

　　透过戚先生的"怕"，也许可以发现：有些记者的采访还要深入一些，更不能想当然；"全民招商"已经不适合中国加入WTO后的经济形势，如何转变政府职能，加快城市发展，提高劳动者综合素质，创造良好的投资环境，这些才是吸引外来投资者最好的法宝；至于戚先生的第三怕，却道出他对台企协会会长这项工作的热爱，对能为台商服务这个机会有多珍惜。虽说"只出钱出力，无半分报酬"，但能为远道而来的朋友服务，能为当地台商排难解纷，对于一向古道热肠的戚先生而言，岂非乐在其中乎？

（原载于《两岸关系》2002年第12期）

我是"新上海人"
——访上海市台企协副会长李广仁

周天柱

步入上海浦东居家桥路的上海施迈尔精密陶瓷有限公司，给人印象最深刻的是无处不在的笑脸：墙上贴的是笑脸，窗头挂的是笑脸，办公室内、车间内外同样也是张张灿烂的笑脸，笑脸常在、笑口常开铸就了施迈尔12年创业独特的精神特征和内涵。公司总经理李广仁对此一番解读可谓一语中的：你看，英文SMILE的本意就是微笑，这既然成了公司的名字，当然公司就必然是笑的"大本营"。

"新上海人"的三步曲

凡施迈尔人都熟悉李广仁的招牌笑，可他笑得最多的是有幸成为改革开放后进入大陆台商中的第一批"新上海人"。

"其实新与老永远只是一个相对而言的时间概念，早来一步，不等于必定早成熟一步，关键在于你能否在精神、内涵等领域牢车把握胜机。"李广仁讲起话来不紧不慢，语不惊人的几句话充满了常人不在意的经商哲理。

人逾五十，头发疏松，额头布满皱纹是岁月留给李广仁的最深印记，而李广仁全然不顾长年打拼付出的艰辛，最庆幸自己搏击人生，一搏就搏到上海来了。冬雨姗姗来迟，却一来就下个不停，窗外寒风呼啸，而室内却是暖暖春意。桌上的水仙吐蕊，案几的冬兰芬芳。平日最爱沏茶的李广仁一边泡茶，一边眯起眼睛，得意地对第二故乡评头论足起来：回忆往事，早在读书时就对上海充满了好奇，当年一曲《上海滩》曾风靡整个台湾岛。1988 年我随朋友来上海观光、考察，当时关注的重点是成衣业，第一印象是生产设备落伍，但手工缝制技术一流。1990 年再来上海，感觉就完全不同，立刻发现这是极不寻常的地方，这儿充满商机，但真正要想发展，没有实体肯定不行。于是伴随着上海的三年大变样，施迈尔公司在上海浦东应运而生，而多年的投资经营使我意识到，要真正成为"新上海人"，必须历经三步曲，即同化、内化与国际化，缺一不可。同化为最初阶段，你要融入上海，就看你有没有足够的思想准备和强烈的扎根要求：人来了，是住下来，还是蜻蜓点水，绿水浮萍？肯不肯入乡随俗，放下身段，不怕耻笑地学说当地话，吃当地菜？这些都是衡量你愿不愿意同化的标准和尺度。初来不习惯情有可原，来了几年还在片面地将台湾之长比上海之短，那你一碰到挫折，肯定就会打退堂鼓，这方面失败的例子比比皆是。过了同化关，内化同样不易。内化是从内心深处的同化，绝不是简单的克隆、拷贝。企业家在商言商，台资企业要在上海、大陆立足，内化就意味着必须自成体系，深深扎根。"三化"中最重要的是国际化，在中国入世后，上海与国际接轨的步伐迈得越来越快，同时上海具有自己明确的定位和鲜明的特色。要真正融入上海，就必须在这方面有强烈的进取心和切实的举措，不然的话，不进则退，淘汰是迟早的事。

无心插柳柳成荫

当采访者与被采访者将原本枯燥的公式化采访，演变为无拘无束的寒冬"炉边谈话"，近几年为人处事越来越谨慎的李广仁的话匣子打开了。

此刻放在笔者手里的是施迈尔从呱呱坠地写起的企业发展大事记：1992 年在浦东奠基，第二年正式投产，初定生产规模为 200 万件氧化铝纺织陶瓷，1994 年全年产销就突破了 500 万件；1997 年翻一番，跃为 1000 万件；1999 年更上一层楼，达到 1500 万件；进入新世纪更是快马扬鞭，2000 年 2500 万件，2001 年 3000 万件，2002 年 3500 万件，2003 年 4000 万件……如此快速的发展速度，圈内人见了都连连惊呼：神奇！太神奇了！

12 年的跨越！重返时光隧道，回眸创业之初，作为当事人、过来人，李广仁仍会惊出一身冷汗。对贸易、代工的熟悉使李广仁走南闯北洽谈生意游刃有余，一个偶然的机会，受几位在沪投资精密陶瓷行业的岛内朋友的游说，李广仁一伸脚就不知天高地厚地涉足先进的新材料领域。当创始者受挫后退时，门外汉是否同进同退，一走了之？李广仁几经考虑，斗胆接盘自干起来，当时所持理由直接而又简单：全球的电子化电气化离不开精密陶瓷元件、配件，而上海浦东的日新月异，给人以无尽遐想的发展空间，而后一因素无疑更具有强烈的磁石效应。新材料全球都在研发、生产，可李广仁以十多年打拼的经历认定，"上海这边独好"。改革开放以来，上海构筑的人才高地举世瞩目，全国人才在此荟萃，海归学子接踵回国，海外专家纷至沓来，而上海市政府坚定不移的科教兴市策略更确保了长江后浪推前浪。上海独具的交通枢纽、信息中心、金融窗口的优势，吸引了越来越多的全球客商来此淘金。如果说这几年上海的商业成本有所增长是客观的事实，但其本身不断提升的创造功能却大大超越了前者。李广仁手拿企业发展大事记强调，施迈尔与上海同步成长量能说明问题。

以"新上海族"自居

作为传统行业中的龙头行业之一，前些年纺织行业的改革力度之大出乎多数人的意料之外，而亚洲金融危机来势之猛，更使浦江两岸合资企业经受了严峻考验。为什么施迈尔公司能从容应对挑战，保持连续发展势头？李广仁十分坦诚地告诉笔者：我们只有"笨鸟先飞"，多看书，多思考，多设预案，多做分析。每天早上我4点多就起床，独自一人静静地埋头读书，静静地闭门思过；6点钟就和幕僚研讨问题，商量工作；8点一过，全力投入公司日常业务。我和副总、厂长有明确分工，我抓宏观、抓大局，他们处理具体事务。还有一条可能很多人不知，我将自己从"空中飞人"的特殊角色解脱出来，确保能聚精会神地抓施迈尔发展。1990年我单枪匹马一人来沪，入住宾馆，出门打的，表面看忙得不亦乐乎，可家眷在台湾，心挂两头，常常顾此失彼。1993年8月，心一狠，举家"离乡背井"迁移上海，当时女儿、儿子还小，正在读初中……

一阵急促的电话铃声打断了李广仁对往事的回忆，乘他暂停话题、离座去接电话之际，笔者仔细端详起会客室墙上挂着的一张放大的彩照。照片上李广仁一家幸福地依偎在一起，尽享人间的天伦之乐。李广仁挂断电话，看到笔者在抬头凝视照片，便指着彩照说：女儿韵茹比儿子李戈大一岁，上海复旦大学企业管理专业毕业后，现正在华东政法学院攻读法学硕士。儿子今年完成同济大学无机材料专业学习后，如今在本公司研发中心工作。儿女学业有成，老爸自然异常光彩，小辈蔚然成才，家长更是神采飞扬。说到这里，李广仁的语调高亢起来，我不仅是"新上海人"，我们一家更是"新上海族"。以女儿韵茹来说，我和太太鼓励她在校住读，以便更快地融入复旦的学习环境。开始她觉得不习惯，几个人同挤一间学生宿舍，哪能与家里比？可孩子上大学是学知识，不是比享受，上海学生、大陆学生可以从容承受这种环境，韵茹为什么不能？溺爱绝不是爱孩子，而是害孩子。我和太太思想一统一，对孩子的要求自然更严。韵茹与大陆同学在一起学习，生活得益匪浅，她发现尽管自己早上6点半就起床早读，可此时宿舍外走廊上早已有同学在勤奋读书。晚上11时她自修完毕回寝室休息，同室好友仍在孜孜夜读。同室同窗的榜样力量激励女儿以更旺盛的学习劲头来攻克一个个难题，使她在学业上大有长进，如今3年制的法学硕士，她已修完了2年、

采访结束之际，李广仁有点动感情地强调："我并不一定要求两个孩子全来接施迈尔的班，公司是员工的，更是社会的。日子有好、有甜、有乐，但有时也有苦，也有悲，也有忧、也有急。我只希望我和我的家人能进一步了解上海，融入上海；更希望施迈尔公司能长期扎根上海，耕耘上海。'新上海人'理应与

'老上海人'共同携起手来，共同繁荣上海，发展上海，上海是我为之奋斗的第二故乡。"

（原载于《两岸关系》2005 年第 6 期）

移居昆山

——昆山市台协常务副会长李宪信印象记

昆台协

对李会长的访问时间约在当月的最后一天，并非刻意，却是一个不错的时间。让我们坐下来聊起对协会未来的期待与展望时，不会显得很奇怪。

协会是会员的家

李会长的身影总是那么忙碌，协会本身事务和自己企业的内部事务让李会长分身乏术。见到李会长时，他刚刚结束一项接待事务回来，而后又即将奔赴日韩。相对于身体的忙碌，精神上的压力是更重的。李会长说，每年的重大节日前，他都会主动去想在昆2200多家而非仅仅会员的800多家台资企业运营是否顺利，台籍干部及其家属的生活是否安康，还有没有什么问题是没有看到的……"有些事情努力可以做到，我们一定会去做；还有一些事情并非一个协会或某个人可以改变，但我们依旧时时在想，比如'三通'之于每一个在祖国大陆投资的台湾客商的无限作用。"

这也从一个侧面反映了昆山市台湾同胞投资企业协会的成立初衷：主动关心在昆数千家台资企业的运营状况，数万名台籍干部及其亲属的工作、生活，并帮助他们解决面临的问题与困难。目前，在昆山的台资企业已发展至 2200 多家，昆山已成为台胞在祖国大陆投资最密集的地区之一，这都是在昆山十年建设中发展起来的，这里有先行者，同时也不乏后来者。虽然说，社会在进步，企业在发展中遇到的问题会发生一些变化，但是，对于新进入者来说，很多问题（不管是工作方面，或者是生活方面）还是能在"先行者"的指导下规避或者更顺利解决。

不同于一般的协会，加入台协会的企业，其会员代表非"董事长"即"总经理"，这既是"好"事又是"坏"事。说"好"是因为会员们均有一定的管理能力，对于企业建设更是颇有心得；说"坏"是因为他们每个人的经营、管理方针不尽相同，但却各有成效，再加上行业的差别，要真正凝聚起来就有了一定的难度。

"但是，"李会长说，"只要每个会员能够认识到，在协会只有职务上的差别而没有身份高低之分，同时秉承牺牲、奉献的精神，以一种心理上的默契发挥每个人的长处，就能为更多的企业造福、解决问题，而协会也会更加健康与壮大，真正成为会员的大家庭。"

昆山繁荣了我，我也繁荣昆山

协会与会员间的关系相辅相成，协会与昆山城市间的关系也是如此。

　　十年前，昆山优越的投资环境吸引了众多的台资企业落户这里，也正因为越来越多的外资企业落户昆山，使昆山城市环境在近几年取得了长足的发展，吸引着更多慕名而来的企业前来落户。

协会在发展，昆山也在发展

　　"在发展的过程中，会发生很多事情。有些问题企业遇到了，政府没有预见，协会就成为一条纽带，让政府了解企业所需，并进行解决；有些问题是政策大环境的限制，企业不了解，甚至看不到政府的努力，同样可以通过台协让企业主们看清并了解和谅解。以此，协会及其成员在解决问题、自我强大的同时，也回报了昆山城市的地方繁荣，使昆山发展得更加有序、健康、快速。"

　　与李会长聊天的过程中，他始终在重复一种说法："我们是移居在昆山，昆山就是我们的家！"而所有之于协会、之于政府的想法、做法，都是源于这一点。因为是"家"，所以更加用心地建设；因为是"家"，所以不仅发扬它的好，更会改良它的不好；因为是"家"，所以对它充满期待，期望它能够"百尺竿头，更进一步……"

　　对于这一份心意，李会长明白不是靠一个人就能够达成的，所以李会长呼吁每个会员能够从自身开始，秉承"诚信经营，依法纳税，安全生产，保护环境，善待员工"的方针，在发展自己企业的同时，还要奉献协会。通过壮大协会为昆山这座城市做出回报，发展本地经济，建设地方繁荣，而协会这个载体的作用也将得到进一步深化。

"移居在昆山，融入昆山社会，做到昆山市民能够接纳的群体，而非昆山人眼中的特权阶级。"这是李会长希望达成的最佳状态，也是每个昆山人所乐意看到的，因为我们相信，一旦大家同心协力，这股力量产生的作用将是无穷的。

昆山这个奇迹

毋庸置疑，昆山的发展是一个奇迹。改革开放以来，昆山抓住机遇发展经济，十年崛起，成就了今日的"昆山之路"。

然而，"百尺竿头"想要"更进一步"是不易的，作为企业遍布全球各地、拥有数十年管理经验的企业家集合，协会看到了这个问题。因此与政府的沟通中，协会会适时地提出预见性的问题与解决方案，不是为了"揭短"，而是真诚地希望昆山能够在经济与国际接轨的同时，城市环境等软件也能迎头赶上，后劲十足地发展下去，把目前的优势发扬光大。

荣誉心、平常心

作为一名成功的企业家，李宪信认为，只有唤起与保护员工的荣誉心，让他们懂得自我要求，才能真正形成企业的凝聚力，才能全力向着同一个方向前行。作为一个协会的主要责任人，李会长认为只有携一颗平常心，抱着互相尊重的态度，结合大家的智慧，以能够为协会、为大家做出贡献为荣，才能使协会发挥更强大的作用。

因为，李会长坚信，凡事都是双方面的，会员的齐心协力将使协会更加健康与强大，而协会的壮大将具有的更大影响力，能够为会员争取更多合理的利益，同时给予城市更多的回报。而这，也正是我们的信念所在。

协会是会员的家，昆山是协会的家！期待每一个爱"家"的人都愿意付出，都能够有收获！

（原载于《两岸关系》2005 年第 11 期）

附：上海自贸区助推两岸经济合作

盛九元

为因应国际经济格局的调整与变化，台湾于 2012 年提出"自由经济示范区"规划，力图在一定程度上重启"亚太经营中心"进程，其中的大陆因素至关重要。而随着中国（上海）自由贸易试验区的正式挂牌运营，大陆新一轮改革开放的序幕又一次将对两岸经济合作产生重大影响。在这种情况下，推动开展上海自贸区与台湾自由经济示范区的合作极为必要。

台湾"自由经济示范区"的发展及存在的问题

台湾"自由经济示范区"计划，肇始于与美国协商加入跨太平洋伙伴关系协议（TPP）。2011 年 9 月，美国先后拉澳大利亚、越南等国参与 TPP 谈判，并提出"以公平贸易取代自由贸易"，要将 TPP 发展成为高标准、高规格的区域合作典范，大有引领新国际区域合作之势。为避免在区域合作中的"边缘化"，争取更大的国际经贸空间，马英九当局再竞选中提出"10 年内加入 TPP"的目标。同时，为积累自由化经验，尽快与 TPP 接轨，马英九当局在竞选纲领中公开提出将规划"自由经济示范区"试点，并在高雄等地率先建设"自由经济示范区"。

2012 年 11 月底，台湾"经建会"初步完成"自由经济示范区"的架构规划，后又经多次调整修订，其大致内容为两部分：首先，示范区的总体发展将从 3 个层面展开：一是透过法规松绑与国际经济规范进行全面"接轨"，从而营造适应企业生产力提升的整体环境；二是逐步推进金融自由化，推动金融创新和离岸金融业务的全面开展，让企业资金可以自由进出，进而吸引跨国企业的区域总部入驻；三是通过实现经济自由化和市场的开放，为台湾参与区域经济整合做准备。示范区核心理念是与国际接轨，与区域贸易相衔接，将区内人流、物流、资金流"松绑最大化"，并通过"特别法"的方式给予陆资 WTO 平级待遇，而外资则可在一定程度享有超 WTO 待遇。其次，在管理方式上，示范区被界定为"境内关外"，范围涵盖制造业和服务业，并通过试点方式逐步加以推进。目前，已确定的试点区域包括台湾所有的进出口重要通道，即"六海一空"（桃园机场、高雄港、安平港、台中港、基隆港、台北港、苏澳港），而高雄将是规划的重点。其三，示范区的目标是推动台湾发展成为"亚太自由经贸中心"，并最终将台湾建成为"亚太自由贸易岛"。

尽管"自由经济示范区"的相关规划和发展框架已初步形成，但在定位和发展仍面临着诸多的挑战，主要包括以下方面。

"自由经济示范区"的政策缺乏实质性的突破。从发展角度看，"自由经济示范区"取得发展的关键在于能否提出突破现有"港区概念"的政策和优惠条件，以增强示范区对外资的吸引力。

从目前已提出的政策看，台湾当局对示范区"境内关外"的定位与目前台湾存在的加工出口区、自由贸易港区等差异不大，缺乏政策新意，难以引起国际资本和跨国公司的关注。

台湾当局推动"五大产业"缺乏企业界的积极回应。目前，台湾当局重点在于推动实施金融、观光、农业、生物科技、医疗美容等产业的集聚，以吸引国际资本的进入。现在这些方案的规划已逐步细化，具有相当的可操作性，但由于政策突破有限，难以引起企业界的积极回应。因此，如何形成产业领域相关政策的突破，提供何种具有吸引力的优惠条件，考验着当局的眼界和智慧。

对大陆的开放较以往也没有大的突破。经过 20 多年的发展，大陆已是台湾最大贸易伙伴、出口市场及投资目的地，大陆赴台投资也逐步启动；更重要的是，大陆的市场以及大陆经济发展对台湾的影响日益扩大，已成为台湾经济发展的"稳定器"和"助推器"。但出于多方面等考虑，台湾当局至今仍对大陆产品进口及资本采取超过外资的管制方式，并严格限制大陆相关人士赴台从事专业活动，这种歧视性的政策导致两岸经济合作难以实现全面的正常化，而缺乏大陆经济的支撑，"自由经济示范区"的成效和目标恐难达成。

上海自贸区的发展、意义及推进情况

从时程上看，尽管自贸区的规划酝酿已久，但就具体实施而言，台湾"自由经济示范区"启动更早，但具体推进却不及自贸区。

2013 年 9 月 27 日 14 时，国务院公布了《中国（上海）自由贸易试验区总体方案》，同意在上海市外高桥保税区、上海外高桥保税物流园区、洋山保税港区和上海浦东机场综合保税区等 4 个海关特殊监管区，共计 28.78 平方公里的土地上，建设中国大陆第一个自由贸易试验区。国务院明确指出，自贸区是党中央、国务院在新形势下推进改革开放的重大举措，是推进改革和提高开放型经济水平的"试验田"，要在实践基础上形成可复制、可推广的经验，发挥示范带动、服务全国的积极作用，促进各地区共同发展。9 月 29 日上海自贸区管委会正式揭牌，随后，东方明珠集团、上海联交所等首批 25 家企业入驻自贸区，这标志着自贸区已经正式开始运营。

而台湾"自由经济示范区"至今仍停留在规划阶段，具体方案尚待"立法院"通过"特别法"后才能够落实，相较而言，"示范区"已然落后。

从自贸区公布的扩大开放措施看，共计涉及六大领域、18 个行业。不过，方案在"实施范围"中也特别强调，自贸区将根据先行先试推进情况以及产业发展和辐射带动需要，逐步拓展实施范围和试点政策范围，形成与上海国际经济、金融、贸易、航运中心建设的联动机制。这一政策举措显示，自贸区的发展与上海"四个中心"的建设息息相关，这也为浦东新一轮发展与"二次创新"提供了前所未有的基础和条件。

总体方案的推出，蕴涵着诸多的含金量极高的政策意涵，具体可以从以下方面得到体现：从内容上看，金融创新是自贸区的核心功能之一，方案明确支持自贸区将在风险可控前提下，对人民币资本项目可兑换、金融市场利率市场化、人民币跨境使用等方面创造条件进行先行先试，以实现金融机构资产方价格实行市场化定价。同时，自贸区将积极探索面向国际的外汇管理改革试点，建立与自由贸易试验区相适应的外汇管理体制，全面实现贸易投资便利化。当然，需要指出的是，在全国利率市场不统一的情况下，自贸区内利率的放开毫无疑问有可能吸引区外资金大量进入，从而引发大规模的资金空转，或对金融创新带来巨大风险。由此看来，政策尺度有多大、监管能否到位、风险是否可控将是自贸区开展金融创新的三个关键点。

从政策举措看，自贸区改革的重要方向是终结审批制，逐步建立"以准入后监督为主，准入前负面清单方式许可管理为辅"的投资准入管理体制，以开放倒逼改革，按照国际规范来突破这一体制创新中的难点。因此，为适应建立高水平投资和贸易服务体系的需要，方案要求营造相应的监管和税收制度环境。通过创新监管模式，推进实施"一线放开"，坚决实施"二线安全高效管住"，促进二线监管与一线监管相衔接，强化监管协作，推动试验区内货物、服务等各类要素自由流动。同时，在维护现行税制公平、统一、规范的前提下，以培育功能为导向，探索与试验区相配套的促进投资与贸易的税收政策。

由于自贸区的核心是开展政策创新，这就不可避免地会与原先的相关法规形成规划冲突。为了解决有关法律规定在自贸区内的实施问题，从 8 月 30 日全国人大常委会做出《关于授权国务院在中国（上海）自由贸易试验区暂时调整有关法律规定的行政审批的决定》，到 9 月 26 日上海市为对接国家暂时调整法律、行政法规的举措，对有关地方性法规的规定予以调整。短短一个月时间，国家和地方两级立法机构为保障自贸区的开放措施扫清了法律障碍。根据《全国人民代表大会常务委员会关于授权国务院在中国（上海）自由贸易试验区暂时调整有关法律规定的行政审批的决定》的规定，凡法律、行政法规在中国（上海）自由贸易试验区调整实施有关内容的，上海市有关地方性法规做相应调整实施。上海市其他有关地方性法规中的规定，凡与《中国（上海）自由贸易试验区总体方案》不一致的，调整实施在 3 年内试行。这主要基于两个考虑，一是对接国家层面法制保障的举措，保持国家法制统一；二是依法推进中国（上海）自由贸易试验区建设方面的先行先试。

自贸区的设立及对两岸合作的影响

对于上海自贸区建设这一举世瞩目的事件，岛内各界给予了高度的关注：依据行业与政治立场的差异，乐观者表示乐见两岸出现新的和合作契机，而悲观者则认为是大陆在加剧与台湾争夺资本与人才等稀缺要素资源。需要指出的是，作为全球第二大经济体，大陆设立自贸区所面对和需要解决的是国际要素资源的配置能力和在国际经济秩序重建中的话语权，而非针对某一区域。同时，自贸区的发展是一个渐进的过程，两岸同文同源同种，台湾完全可以在其中发挥积极的作用。

从发展历程看，自 1990 年代开始，台湾通过"国际化、自由化、制度化"的改革，以对外开放和公营事业民营化为切入点，实现经济结构的调整，并在推动经济向服务业转化方面累积了较多的经验。因此，两岸在探索"国际化和市场开放"领域有着巨大的合作空间。

从发展阶段看，当前台湾推动国际化的主要目标是发展成为类似香港的"自由贸易岛"，建构成为"亚太经贸枢纽"，并逐步实现对"人流、金流、物流、信息流"的全面开放，大陆可以更多的从台湾汲取在政策手段、开发步骤、管理规范等方面的经验，从而更好的推进自贸区的发展。

从这一角度分析，主动积极推进自贸区与示范区之间的合作，从整体上看，不仅可以有效化解台湾方面的疑虑，更有利于开展对台工作、促进两岸经济一体化，而且也有助于进一步发挥上海在对台工作中的领先地位，推动相关政策的争取，为自贸区发展提供更有利的发展环境。

由于两岸经济合作有利于两岸经济的共同繁荣，特别是大陆市场及持续增长的态势对台湾经济复苏与发展的意义尤为重要，而大陆在调结构的过程中也需要有效引进与借鉴台湾的优势资源，因此，两岸经济合作的深化难以逆转，这正是 ECFA 签署及其后续发展的最直接的动力。随着上海自贸区的设立，两岸合作也需要从新的角度探索新合作模式与路径，实现自贸区与示范区之间的有效对接，而非彼此间的无序竞争与内耗，以适应新的发展格局，应对共同的挑战，为达成两岸经贸关系的全面正常化和制度化创造更加有利的条件，增进两岸民众的福祉。

（原载于《两岸关系》2013 年第 11 期）